出走的媽

我們的香港故事

陳苗——著

寫給弟妹——代序

寫信屬於媽媽的時代，匆卒裏留一分從容。我們的現代，只會掛個電話，發個 WhatsApp、微信。

媽的大半生都在信來信往中過去，家鄉的信、台灣的信，有說不清的情結。

我用一封老味的信給你說話，因為談的是媽，也是我們的過去。我一直想寫媽媽的故事，但不是「慈親記」、「懿母傳」之類。媽省吃儉用，為我們添衣備飯，憂疾嘘寒，這何須多說？

媽的慈厚，你們都見過。五十年代，挨門拍戶叫化，是社會之常，三天兩頭，就有個蓬頭爛衣的來乞錢討米。媽再窮也會舀一碗米給他做飯。投緣的還把我們幾個拜契給他，上香拜神，奉個紅包，再打發他上路。我和富弟的「契乞兒爺」，至少有七八個。

我並不想寫這些。寫媽的故事，是想說說我們的來歷。

我們的媽，非比尋常。她出走，扣定了我們前半生的格局。媽一生絕少提起出走前，而我，比你們虛長了幾歲，見過媽的舉步維艱，想給你們說說。

除此，我還想從媽的身上，抓住一點大歷史。四九年的移民大潮，像媽一樣的南流人，千千萬萬，在歷史裏模糊了臉孔，像一團烏影一樣一衝而過。我想至少抓住一張臉孔，留個印記。他們是香港最真實的過去。

我是學歷史的，知道歷史原不過是回憶。有人說：「回憶過去，不一定就是回憶過去的真實。」[1]我對媽的回憶，能有多少真實呢？我拼合了大家的回憶，寫成片片段段，勉強給它一個終始，想把這個「媽的故事」，留在你們手上。

小量的對話，恐怕難說是實錄。只能借錢鍾書的話護個短：

「史家追敍真人真事，每須遙體人情，懸想事勢，設身局中，潛心腔內，忖之度之，以揣以摩，庶幾入情合理。」

所有的回憶錄，也只能如此而已。

寫完了這部書，發現心裏依稀還有個私念：洪荒之初的野人，給石頭鑿出了幾道坑疤，齊齊整整，看了有趣，但毫無實用。考古家百思不得其解。

也許，這個野人不過是發了個奇想，想說：

「看，我們活過！」

桑暮之年，與野人同願，就是這樣嗎？

二〇一九年十二月

---

1 語出普魯斯特（Marcel Proust）《追憶似水年華》（*Remembrance of Things Past*）："Remembrance of things past is not necessarily the remembrance of things as they were."(Le souvenir des choses passées n'est pas nécessairement le souvenir des choses telles qu'elles étaient.)

目錄

一、四九前後

興寧（1930 年）
（照片由 Basel Mission Archive 提供，謹此致謝。）

1

媽的老家在興寧。

我們都曾為媽代筆，寫過家書，信皮上的名址，個個記得：

「興寧縣坭陂圩柑子園村橋頭王屋　梁十五姑收」。

「十五姑」就是外婆。梁氏是梅州大族，外婆曾來香港上學，中英兩擅，唸的還是名校——聖保羅女書院。我見過一張三十年代舊照，書院課堂坐了幾十個女生，短髮端貌，一身白衣褲，每人腳下都放了個藤篋。媽也有一個，一樣的長方藤條面，兩個牛皮提把。可惜我丟了。

我自小學升中，選上聖保羅，就是因為外婆的緣故。

外公的坭陂王氏，更是望族。我追查一點往史，才知道王家福公屋，如今還留着兩面匾額，一個是嘉應州知府賜的金匾，獎勵捐米救災；另一塊是武魁匾，是王家某個孫子考武舉，名列前茅，朝廷特意嘉許。我不知道外公是否住福公屋的王氏正脈。媽對自己的家世很少提起，似乎也不在意於王家的顯赫。她只提過外公是薛岳大帥（廣東樂昌客家人）的舊部，抗戰時打過大仗，不愧武魁之後。他似乎還是個游食四方的江湖人，在鄉裏有田，在香港開過舞場、賭廳，一年到頭，總在天南地北。

媽少談家鄉，倒是有個名句：「我撿了牛糞才有飯吃。」她在家幫農忙，插秧割菜，犁地砍柴，件件皆能。怎麼一個闊家小姐要下田種地，是王氏的家教嗎？舅父——媽唯一的哥——從沒下過田。我當年沒想到要問她。客家舊俗，據說是「男外出，女留家；男工商，女務農」；外公長年在外，家事大小，一概外婆作主。如今追懷舊事，才驚覺媽的老家是十足的客家。

但媽到底已是活在新時代。她一邊放牛，一邊唸完了小學、初中，居然考上「廣州私立國民高級助產學校」。

我們都見過媽的兩張文憑，一張是「助產班修完學科兩年，考驗各科成績及格，准予實習」的證明，另一張是「實習期滿，成績及格，准予畢業，依職業學校法第十四條規定頒發」的畢業證書。兩張薄鬆鬆的毛紙，天頭都有孫中山先生像，左右是青天白日旗，下有媽的小像，還有校長吳強華的朱文小章。

廣州國民高級助產學校，創立於一九二六年，是當年廣州首屈一指的助產學校，媽怎麼考得上，又如何順利畢業？我們都大感意外。

我們心目中的媽，只是個村娃。我們讀書不勤，她就說：「我撿了牛糞才吃飯，你們做過甚麼？」她唸過助產，只偶然一提，也只有我和富弟知道。要不是我翻檢舊史，哪裏知道助產士在當年竟在「護士之上，醫師之下」？又哪裏知道媽原來唸過「解剖學大意、生理學大意、細菌學大意、病理學大意、手術準備、檢查的學習」，等等，整整兩年，統統合格，還通過實習考核，順利畢業？我們這個家的醫學強人，竟然是媽！

媽從來沒有在香港接過產。倒是五十年代初，律敦治癆病院取錄過她當護士。她沒去，不想「與癆為伍」。這事曾讓我們很抱憾。每當家無餘糧，惶惶不可終日，她和我都唉聲嘆氣：「當年做上護士就好了。」

我們媽這個小放牛，怎麼會唸助產，我是莫名其妙。據說是大夥報考，一同取錄，然後拉夥結伴，上廣州就學去了。

媽除了中文字寫得俊秀，瘦瘦長長，很有看頭，英文數理，統統不行。她的醫科學問，我只跟她學過幾個過時的詞語，如「微絲血管」、「微菌」之類，或者「靜脈偏右、動脈偏左」之類的常識。助產科有英文一門，可她從沒說過半句洋話。她有一部黃士復編的商務版的《英漢字典》，是三、四十年代的字典名品。她從廣州帶來，我上了中學，就轉送給我，看起來還是新簇簇，肥厚一冊，開頁的一邊用墨水筆工工整整寫上二十六個字母，排成V形，A和Z在上，分列兩邊，M、N居中在下。媽珍而重之。

媽這段經歷，令我對這個新舊交纏的民國，悠然神往！一個田地上長大、能駛牛種秧的女子，歷經了幾年變化，竟成了一個懂一點解剖生理、手術檢查、營養育嬰的助產士，能推動婦幼衛生事業！這個在歷史書上風雨飄搖的民國，一定曾湧現過許多志士仁人，興教立醫，各盡己力，來到四九年初，似乎為國家開出了殷殷向榮的勢頭。要若從此天下太平，億萬人的命運都要給改寫了。

媽不提學業，恐怕並非「強項」，卻是當年的名校花。我們都見過她的畢業照，瓜子臉，杏眼小鼻，鬢髮如雲，向兩邊翹開，眼梢嘴角都露着笑。當助產生的三年，似乎真讓她快樂過。男生拜約，荔灣艇遊，該是漂亮女生常有的節目？我們的媽倒是高傲得不得了，她說過：男生個個都是癩蛤蟆！

媽的廣州歲月，我們所知不多，她倒是提過，實習當年，學校發糧代薪，每週大米五斤。她省吃儉用，省下一小袋米，再帶點餘錢，逢週末就騎了單車，獨自回興寧老家。

我當年沒問過她怎麼要給外婆捎米？又怎麼不乘公交車？只以為凡是媽說的都是尋常世事。今天一查，才知道從廣州到興寧，坐火車也要四五小時，媽真能踏單車去嗎？就算天蒙亮出發，也要入夜才回得到家。

媽倔強又堅強，我們都不奇怪。可我們從沒見過她騎單車。

她是怎麼去的呢？會在親舊的家停宿嗎？

這個青葱少女，獨影單車，影像一直在我心上蕩漾：迎風飄飛的一束長髮，腳蹬翻飛，嗖的一聲，飛越了一排排的細葉榕，嗖的一聲，拋下了一池塘的金眉柳，再嗖一聲，已在禾田碧翠之後……。這個英姿颯颯，熱情高傲、滿心憧憬着幸福的女子，向未來欣欣然展顏！

我們一生都沒碰上過這樣的媽。

2

媽沒當過助產護。四九年八月，她南下到了香港。

國民黨撐不住，大家都知道了，但知機行變，絕不是媽。南下是為甚麼呢？達官貴人都趕搭尾班機，飛往天南地北，但從當年《生活》雜誌（*Life*）上的老照片見到，尋常百姓仍是一貫的我行我素，大家似乎只當作政府的辦公樓換個班子罷了。

媽幾乎沒提過南下。憑我記憶的零碎，似乎和「表哥」有點關係吧。這個「表哥」唸工科，據說是個讀書種子，比一般的蛤蟆高了些檔次。媽只提過在荔灣艇遊，但省城才子佳人應有的拍拖節目，恐怕都統統有過：長堤散個步，沙面吃蛋家粥，到中山戲院看西片，等等。這個表哥是個能觀世知機的人，四九年初，已去了台灣唸研究院。就此一別，豈料一生不曾再見。

媽說過，這個表哥說要來香港接她去。

「接他的屁！」媽說。

媽沒去過台灣，表哥也似乎沒來過香港，而書來信往，一生不絕，直到八十年代末，他溘然而去，竟也牽繫了悠悠四十年。兩個人，恐怕只留住對方年輕的身影吧。外婆、舅父的信，媽隨看隨放，我們都統統看過，但這位表哥的信，我們從沒有寓目的福份。

當年舅父在香港，還有幾個富親戚。五十年初，外婆來信叫舅父回家，沒有叫媽。連外公也不知從天南地北的哪一塊回了鄉下。身為國民黨薛岳大帥舊部的他，曾怵惕過嗎？卻又拋不下鄉故。統戰部當日大張旗鼓談「共同綱領」，一家人又都曾抱過一點希望？

來到四月，香港頒佈了入境補充條例，封鎖了邊境。媽和老家，自此南北分張。一場生離死別，恐怕誰都沒有預先的覺識。

二、一步錯位

灣仔（1950 年代）
從寶雲道俯望灣仔，右前方為姻緣石。
（政府新聞處圖片）

1

媽憑着幾年的助產專校訓練，給人打針過活。

我後來讀了王安憶的《長恨歌》，才知道五十年代的港滬雙城，打針營生，竟是共有過的城市風景。

王安憶寫上海的王琦瑤，「點起酒精燈，煮一盒注射針頭」，給哪家哪戶的「床上一個年輕女人」打營養針，經歷竟然與媽幾乎一模一樣。

所不同者，是媽沒有「在門口掛牌子」的氣派。她只做上門打針，「穿一件素色的旗袍，提個包，裝着針盒、藥棉」，在香港她還要塗點口紅，把如雲的鬢髮梳得一絲不亂，蹬上高跟鞋，才咯咯咯的出門去。

打的是甚麼針呢？有補血的B12、B雜，有補骨的膠性鈣。更多的是打癆針（Streptomycin）。五十年代的香港，癆病猖獗，媽說得上生意滔滔。打針一次，能有幾毛錢到一元幾塊之譜，收入不錯。媽說起來還會沾沾自喜。

上海的王琦瑤到了六十年代，才「卸下打針的牌子，在工場間裏鉤毛線活」。媽的打針生涯，結束得更早。五七年左右，香港的公營醫療有了規模，連專門抗癆的葛量洪醫院也有了。媽已轉到餅坊作間裏討活。

一港一滬的王家女，一個活在小說，一個是實實在在的人生。走的竟幾乎是同一條路。

2

打針讓媽遇上了爸。爸在中環一家西藥房當「企櫃」。[1]

一個漂亮、孤獨；一個長相俊爽，還能把藥瓶上一大串英文唸得琅琅璫璫。這不是天作之合是甚麼呢？

媽從來不提浪漫史，只説過爸帶她跳過幾次茶舞。

爸媽年青的合照，大概在結婚前後，我們都見過。媽廿二三，爸已三十出頭。爸是方臉濃眉，和媽的瓜子臉、柳葉眉，襯絕了。照片裏的爸有挺直翹鼻，晃亮眼神，嘴角含着春光明媚的喜笑。恐怕是每個女人都會打量再打量的男人臉。我們一生都沒見過爸能笑得如此毫不費力。以後，他要不是平直了唇線，冷眼旁觀，就是吃力扯出一個嘴角微翹的、挑戰的似笑非笑，眼下圍了兩團皺紋，讓人看了只覺得苦澀。

爸當初遇上媽，又竟能同走一路，一定感到過難以置信的歡喜。

媽沒提過怎樣結婚，似乎老早就從記憶裏沖刷掉。

五十年代初，結婚只要吃一桌喜酒，不煩甚麼註冊發證書。爸這一方有嫲嫲，還該有他的四個弟妹。媽這一方，勢孤力寡，就只有八姑婆一個（外公的八妹）。

這樁婚姻，一直都急風苦雨，我們都見證過。八姑婆一直怪媽沒帶眼識人，而媽，就怪她從來沒撐過她，敢在外人面前説半句話。

當天吃喜桌的人是甚麼心情呢？我用事後諸葛的猜想，恐怕沒幾個會預算兩人白頭到老。喜桌上歡言笑語的一家人，各懷心事，都等着看它如何來個東迸西裂？

但這場婚姻碎不了。像個大米甕砸出了好大一條裂罅，修修補補，依然管用，竟能養出我們六個毛娃。

它如何哐啷裂破，聽媽説來，也是奇聞。

當年家在灣仔，一幢三層高的楠木樓房，我們家在頂層，兩臥一廳，爸媽住最大的二房，頭房住了我們的大家姐和專門看理她的「姨姨」。

媽説，婚後不久，她每夜都聽見鄰房的姨姨嚶嚶啼啼。

「啼得不高不響，但總讓你聽得清楚。」

媽問了爸，爸説沒有的事，是隔了幾幢樓飄過來的。

我們這個媽也真胡塗，這樁怪事，她要到兩年多，把鄰里的閒言七拼八湊，才悟出了真相。連富弟都出世了。

爸結過婚，媽是知道的。兩人拍拖，曾帶了我們的大家姐去過兵頭花園（今香港動植物公園）遊耍，她七八歲。她親娘在戰時上街買菜，遇上空襲，一去不回。遺像一直供奉在我們灣仔的家龕上，清眉朗目，笑意迎人，似乎是天生就很討喜的明慧人。

媽從來不介意婚姻裏平添了一個比她僅小十五六歲的閨女，她是真心愛上爸的吧。

而我們叫姨姨的那一位，原來是爸更早的繼配。

新鰥不久，來了這個姨姨照顧鰥孤。自然而然的，日久了，瓜熟蒂落，姨姨變了太太。

大家姐一生對這個姨以「媽」相稱，甚至帶她隨嫁，終生相依，不離不棄。直到如今，早逝的大家姐過去了也近三十年，她親娘的大妹還是每隔四五年，從加拿大特意回來，看望我們嘴裏的這個姨姨，見了面還是叫她「林姑娘」的。

我猜想，媽進了陳門，姐姨倆一定感到無比齷齪酸逼。敵愾同仇，竟成了兩人一生情緣之所繫。

當年爸膽敢另娶，還有嫲嫲撐腰，我們都摸不出頭腦，如今又能説甚麼呢？我們都曾在自己的人生風波裏受過沖盪，拐過幾個陰沉的彎角，誰還能理直氣壯去點點劃劃？只能含含糊糊歸罪到封建殘餘吧——據説姨姨一直無所出。

我們這個姨姨忍氣忍了一輩子，她當年如何能向娘家的人體體面面交代這場逆變？真難為了她！媽進了門，這個叫「姨姨」的和爸一生再無夫婦之實，卻始終守在爺女倆的身畔，對兩人的一飲一飯，一衣一裳，無不備辦，任勞任怨，不怒於色，不怨於口，寡言鮮笑。

幸好我們這輩的都視她如親，尤其是五弟，如今在她九十歲的暮景，每天都去一通電話噓寒問暖。

媽哪裏知道這個「姨姨」竟比她早來了一步？到了真相大白，又是怎麼樣的晴天霹靂？她當年純稚的心思，幾曾想過一下輕足錯走，竟斷送了夢想過的如仙美眷，又打開了大半生的風雨泥塵？這個村姑娘，哪裏料到竟給人笨笨拙拙就蒙過了？

我對爸媽當年的記憶，有這麼一個圖景：富弟出世了，一屋子人圍住他的襁褓，七嘴八舌，媽身上穿一襲灰絨旗袍，低頭默坐，不知是誰把頂頭半垂的電燈泡撥個晃來拂去，就像打雷前的電閃一樣。

媽最終淒淒哭了起來，這是我童心上從未褪色過的蝕刻。但始終記不起接下來那天崩地坼的一幕。

媽後來向我追述當年，我已七八歲。早慧的我，當時就看清了：我這個媽癡絕，真獃！竟給人不費力騙了兩年，才如夢初醒！

而如今，卻又不禁失笑：這的確是我一生所認識的媽，憨直，傻乎，永遠看不清世路的紆曲，永遠是一團火，滾滾向前。

媽的下一步，決定了我們幾個前半生的命運——出走。

---

1 粵語，指櫃台的售貨員，有「企頭櫃」、「企二櫃」、「企三櫃」的優次之別。

三、黃大仙印象

黃大仙（1950 年代）
（政府檔案處圖片）

1

媽出走的第一個黃昏，我記憶猶新。

她提了兩個藤篋，一個大皮箱，叫來了八姑婆，牽抱着我和富弟，趁家中無人，一字不留就走了。

是怎樣的路途？我只記得僱來了兩架人力車，媽和我一車在前，八姑婆隨後，車伕拉重若輕，腳步飛快，直奔碼頭（灣仔碼頭）。

我恐怕是經不起路途上的晃盪，睡着了。只記得一覺醒來，已是一片陰涼的黃昏。眼前大塊土泥地，荒荒落落，伶仃幾間村屋，我們走進其中一間，要爬一趟木樓梯登上閣樓。

閣樓能望遠，黃土起伏，無樹無田，似乎連半塊青綠也沒有。當天灰陰陰，我卻莫名的興奮。灣仔的家只看見層層列列的樓房，這個空落落的黃大仙，使人心氣一舒。

我記不起媽當天說過甚麼話，夜裏把我們哄睡了以後，又怎樣度過出走的第一晚。印象裏，她比平常更平平淡淡。面對人生變故，媽總是那一副陰閒淡靜，默默寡言，臉上無憂無喜。

現在回想起來，真感動於媽讓我一生都沒想過她會棄下我。但當年，她可曾想過？

沒有男人的女人，手上兩個毛娃。她可曾想過：日子會怎麼過？

2

家在黃大仙，媽曾給我指點過屋後的獅子山，但印象僅稀稀濛濛。倒是記得往返黃大仙，馬路上有時會駛來一架大飛機。[1] 媽會從巴士車窗指給我看：起飛了！

住下不久，媽就到黃大仙祠上香。祠前有一圈魚池，養了幾尾金鯉，是我平生初見。媽從甚麼時候學人家拜神仙呢？黃大仙據説是廣東番禺人編弄出來的神仙，我沒聽過客家人拜黃大仙的。

我們的家離祠堂不遠，中間一條泥沙小道，紆紆曲曲，家祠相連，像一根乾掉的臍帶（媽把我的乾臍帶一直留着），注定了媽一生拜神。道旁疏疏密密的排了兩行解籤攤檔。除了飛機，這該是我對黃大仙的最深記憶。

解籤師也有品級。有的僅有一張方桌，蒙上紅布，放了筆墨簿冊，就是一門生意。有的用板木圍出個斗方，內裏一桌一椅，一個扁條櫃，籤文紙都釘在板牆上，紅紅紫紫，中間坐個解籤先生，門前斜斜插支小彩旗，以示招徠。這些有點氣派的解籤家，都在近祠堂的那邊。

媽是每朝必來的香客，絕早就來到大仙像前行合掌禮，沿路幾個解籤師的早鳥，我們都認得，好快熟絡了。

解籤的和我家相熟到怎樣的程度？媽在屋外洗晾，我會去找解籤先生聊話。媽要打針營生，就把我交託給其中一個。大概是落泊書生，大家都有點天涯淪落的共憫。

當年還有個解籤先生教我認籤文上的字。

某夜飯後，媽拿出一個陶罌，叫我伸手往裏掏，居然預先放了五六張小方紙，都對摺好，打開一看，紙上平平整整用毛筆寫了個字。

「這是月字。」

媽就是這樣教我一個一個的認字。七八月的暑夏，有時在屋裏燈下，有時在屋外月光下。月下識字，原非浪漫，只是閣樓逼仄翳熱，我們搖着葵扇，在泥沙地上坐到月上中天。

1 當年的啟德機場，跑道橫越清水灣道。飛機升降，必用橫閘封路，讓出跑道。

四、家在李鄭屋

李鄭屋村（1950 年代初）
（政府檔案處圖片）

（一）傷心橋

1

家在黃大仙的日子並不長，才一年半載，便遷去李鄭屋。搬家於我，是莫明所以。八姑婆家在李鄭屋，而搬進去的老屋，又是表姨媽阿英的家業。媽想靠近她的老親嗎？還是有其他緣故呢？

這個老屋，高櫟大瓦，共五伙人家，我們一家不算，都是本地人，只說本地話，但屋外有個只說客家話的客家世界。

李鄭屋村當年有內外村，已經沒幾家是姓李姓鄭的。內村靠山，住的是本地人。外村住的，十居六七也是本地人，不過老屋的對過，是阿英家的藤場，藤工十來個，統統是客家，男的白短衫，藍薄水褲，女的寶藍大襟，寬寬鬆鬆一條大襠褲。只看打扮，就知道是匪我族類的客家。藤場外又另住了三兩戶客家，合起來二十許人，說得上人多勢眾了。但客家人樸質內斂，平時粗腔揚臂，大模大樣的，都是本地人。

我印象裏，住老屋的五六年，似乎令媽最安得下心。

一出門，門側總有幾個坐小櫈的女工在削藤皮，身邊一捆捆細芯黃藤，個個拿起尖刀，連皮帶肉的削出一條條比兩個人還要高的薄藤皮。有時還有打赤半身的男藤工，拿着火鎗烤藤芯，再用兩條肌粗肉碩的胳膊掰彎做藤椅架子。大家見面都會「涯」呀「介」呀嚷嚷幾句。媽有時從村外回來，特意不過橋，而是繞小路拐進藤場，和藤工搭訕幾句，才從藤場的後廚出來，一跨步就來到老屋的前門。

藤工慣吃白稀飯，老早燒一鍋，黏黏稠稠，下點鹹菜脯、魚乾，吃了才做活。媽和我是他們廚裏的常客。

李鄭屋就是有這麼兩個世界，一個客家，在藤場內，一個本地，在藤場外，兩不干涉，絕少往還。媽遊走其間，心裏依稀以為和家鄉差不多了吧。

媽和本地人談話絕少。下文先説爸，再交代。

2

爸是怎樣找上門來的，我記不清。是媽心軟，上藥房找過他？還是爸輾轉找上八姑婆，問出個究竟？

我的童幼回憶裏沒有爸的痕影，直到那天他找上李鄭屋來。爸似乎來過黃大仙的家。媽當初搬家，就為了逃爸？爸也似乎老早就來過李鄭屋，只是摸來摸去，始終摸不進村。但這是我長大後——甚至是此刻——一廂情願的幻念嗎？

總之，某天，爸真的找上李鄭屋來了。媽在屋外曬晾，老遠就看見他想進村。她慌慌忙忙跑進屋裏，滅了火水燈，叫大家不要聲張。

三個人在黑糊糊裏縮作一團。

結果，爸還是來了。只記得他一把拉開板門，一如往常，滿臉不高興。

往後是甚麼情景？竟完全失記。

媽有個出奇的天賦，就是臨危一臉淡然，方寸不亂，說話比平常更纖更細。門口出現了爸的一剎那，她該是會說：

「阿陳，是你麼？」

然後回過頭，向我和富弟吩咐：

「你們兩個，都出去。」

3

重遇父親，這一生再也不能擺脫他。

從李鄭屋時代開始，爸每週都來「訪親」，要麼在週六晚上，要麼在週日午後。儀式維持了近三十年，我們幾個習以為常，毫不為怪，就在有爸無爸之間，無喜無憾的長大成人。

4

富弟對家的回憶，是從李鄭屋開始。

他說：記得晚飯在屋外。沙泥上放一張小桌，幾張小櫈，頂頭是天青雲白，日已西仄。一家吃飯，都是媽說話最多：夾餸、扒飯、小心骨頭。

媽對於李鄭屋，真有說不清的情結。她能每天都讓舌頭滾出幾句「涯」話，興寧以外，恐怕就只有住老屋的五六年。在此她重遇上爸，人生定了調，合尺線再也變不了。

先說老屋的環境。

這幢客家老屋，灰瓦蓋頂，彎簷翹角，帶點古味。內裏搭了個木閣樓，住下了一家人。一條木樓梯接通上下，樓下梯後，放了一床，也住下了姓馮的一家四口，沒門沒戶，幾塊床帷遮遮掩掩，就劃出了一個家。靠東牆是一列三個臥間，各住一家，各有一扇夾板拉門。我家住尾間，沒窗，僅放得下一床一桌，長年黑乎乎的。壁後是灶房，灶台上每家佔一小方，各有爐灶，傍晚家家煮飯燒菜，真有炊煙四起的架勢。灶房又同時是澡洗兩便之地，大家有默契，飯後輪流就是了。

老屋靠山，門東一列石階，直通烏龜山頂。[1]門的對過是表姨阿英家的藤場，四堵矮牆，圍了好大的一片地，有屋有廚，住了十幾個男女工，還有三個大藤塘，塘水長年浸着好幾十株寸口粗、丈把長的藤杆，削藤皮用的小藤就一捆捆的擱在牆邊。

老屋西壁面向一方沙泥地，方方正正，每邊有十五六步寬。沙地的南界就是藤場的灰矮邊牆，西界是一條石板路，沿路南走會經過幾家小舖，賣點生活日用品，包括南乳鹹魚豆豉之類，再過一條木橋就是村外，橋下一條渾水，非河非渠，紫黑藍青一大塊，一年到頭一片混沌，也不知從何而來，又往哪裏去。橋外有幾塊菜田，一排豬圈，污臭薰天。再遠是荒荒落落的野地，長滿藍牽牛、馬櫻丹、雞冠紅、老來嬌之類，甚麼都有，招惹蜂蜂蝶蝶。我和媽要是出村到順寧道買菜，例必經過，甚麼花、甚麼蟲，媽一路給我指點。豈料一年之後，這片野地竟然平地起樓，飛沙走石，烏煙瘴氣，就是最早期的李鄭屋村徙置區。四五幢「七層大廈」，長巴巴、空落落，一個個黑蜂窩一樣，密密麻麻，透出士敏土腥味。媽給我上的「自然教育」課，也戛然而止了。

再往外，有「仙樂戲院」，有車流如鯽的青山道，沿路擠擠挨挨着三四層高的樓房，家家享用着摩登電燈、自來水，有的還有電話。

村外早邁入了現代，村內卻還在新舊之間的門檻上躑躅。

村裏沿石板路朝北向上，拐個彎就是一口大井，飲濯之需都靠它，養活了一村三四十戶人，其功偉哉！井水常清，長年不竭。每日晨昏，都有女人打水，肩挑一篙兩桶，搖搖擺擺，走在石板路上。

沙地的北面是一排四幢兩層的平房，住的都是富貴人家。我說不出如何富貴，只能說這列平房是一家一幢，上房下廳，寬敞通氣，我們尋常百姓是一個屋子五六戶人，迫個半死。當然，富貴人家還有富貴人家的氣質，就以我當年喜歡過的柔女為例，她肌膚素潔滑淨，說話陰陰細細，氣若游絲，跟我們這些滿頭禿瘡、麻臉黑皮的野孩，品位高出了許多。

夏暑的沙地，每到黃昏日落，熱鬧得不得了，家家戶戶都拉櫈搬桌，在沙地上乘着晚涼吃飯。飯後，大家不散，老人家軟挨着太師藤椅，搖着葵扇，呆半天、說半句。男人都蹲坐在暗角的門檻邊、石階上，抽紙捲煙。媽媽輩的女人則聚坐火水燈下，一桌連一桌的八九桌，做女紅、穿珠帶子、做補丁，打毛衣，吱吱喳喳。孩子哇啦哇啦笑，玩出各種花樣，「點指兵兵」、「十字鎅豆腐」，或者進行我們最原始的初戀——柔女會領我到闃寂無人的水井邊，讓我摩挲着她冰涼的手臂，聽她絮絮不休講從大人嘴邊聽來的時聞，或者是她發明的、沒頭沒尾的故事。

一村的熱鬧，都聚焦於每個星月爭輝的暑夜，直到「鐸—鐸、鐸」三響鑼梆，一慢兩快，打更佬走在石板路上，喊起了：「三—更！」

這是確曾有過的村家福樂。

* * *

我們的媽卻是格格不入。

媽似乎沒有參加過火水燈下的婦女會，也似乎沒交上甚麼閨友。她吃完飯，清洗完了，到自己的後房，在火水燈下獨自打補丁。

這許多年後，我回想起來，媽的舉措，也確乎「特立出群」。比如說灶台做飯，家家燒柴杆，唯獨她燒火炭，這是她老家的慣俗。火炭比柴更污黑，家家討厭。

媽偏愛客家寶藍，曾經大費周章買布料、買藍靛粉，染成藍靛布給我們做衣褲，從浸染到曬晾，幾幅藍靛布在沙地的晾衣線上拂拂揚揚，藍得亮瞎眼，招搖了好幾天。衫褲全套由她自裁自剪，一針一線縫出來。我們穿在身上，並不覺得怎麼樣，但一家三口（連富弟在內）藍巴巴的，進進出出，也的確是一場奇觀。我們是最客家的客家人，一村子沒比。

不過，舉措再怪，村子裏總有人能把你比下去。媽的最大罪過是，她是個單身漂亮的女子。村女人最感懼怕的，恐怕莫過於此吧。而大家又都摸不清，每週末來看她的男人——我們的爸——是個甚麼男人。

最要命的是，她還是全村子裏唯一穿旗袍的女人。

當年，媽還是每週三日兩頭出外打針——旗袍、口紅、高跟鞋、黑皮手包——這是村女人眼裏的腐敗。有時午後出去，傍晚回來。有時傍晚草草飯後出去，二更後才回來。火水燈下的婦女大會正開得如火如荼，又會吱喳些甚麼呢？

如今，我撫舊追往，才稍稍想像出，當年的媽是活得多麼不輕易！

一村的閒言惡舌，眼角含鋒，她豈會無知無感？

她的高跟鞋「咯咯咯」踏在石板路上，走出了村口的木橋，是否稍鬆了一口氣？她黑夜裏回來，孤零零走在石板路上，迎上滿村男女從眼角拋來的銳光，她是否忐忑？

最樸素的村家行樂圖，歡歡喜喜之外，何曾遮掩得住底裏的人心陰暗，聳動着偏見、邪念、兇惡？

但媽從來沒有流露過甚麼，我行我素。

媽的無聲無息，把我包護於童稚的懵然，對人生苦澀依然無識無覺，輕輕就度過一串平凡的歲月。

5

為了寫這部書，我跟六弟談起媽。

他說：媽向你談家事，是報告，和我們幾個小的談家事，是商量。

他說的是他長大後的事，我已三十開外。但他說對了，家事大小，媽從來都先找我們商量。我們自小就有雙重角色——兒子之外，也是她身邊那個能從長計議的男人。

富弟以後的幾個弟妹，名字都是媽提出來，跟我一起敲定的——寶、玉、貴、華。我統統說「好」。

就是這樣的商商量量，決定了寶娃的命運。

寶妹出世，就在住老屋的日子。

當年，媽中了馬票三獎，一家以為走了運。馬票是花花綠綠的長方彩票，十元小鈔大小，隨街兜售。村外的仙樂戲院，開場與散場之間，除了站滿人買賣風栗、蓮花杯之外，最矚目的就是幾個老販舉起竹架子，上面掛滿馬票，紛紛揚揚。買一張馬票，買一個夢。媽恐怕是出門打針，路過買了一張。

中獎令我和媽都高興得昏了頭，麻煩倒在於如何領獎。媽逢人都打聽一下，偏是沒人中過馬票。無論如何，她某天一早穿了旗袍，拉我同去，兩個沒頭蒼蠅，不曾去過馬場，從李鄭屋到跑馬地，周周折折，又渡輪又巴士，換乘了好幾趟，到找到了那片跑馬大草坪，才知道當天午後不辦公。

媽後來一直抱怨，飛來橫財，沒好下場。錢，終於拿到手了，三四百塊錢，一半給爸，自己留了一半。但是——

寶娃出世不到半年就大病起來。初起幾點紅臉斑，後來高熱不退，原來出了麻疹。媽是西醫助產士，但西醫遲至六十年代才研發出麻疹疫苗（時至今日，還沒有特效的療法）。五十年代，大家都靠土法。病初起，天天煮薏米水開奶，但病無起色。看着探熱針上的熱度愈攀愈高，媽似乎着慌了，從土方轉向秘方，依八姑丈說，上後山採甚麼花果開奶。結果，發燒更創新高。富弟還記得，多少個晚上，寶娃前額滾燙，不哼一響，昏昏沉沉，媽慌張起來，一手抱起寶妹，一手拉住我和富弟，摸黑出村，半走半跑去尋大夫。

當年大國手的診資非比尋常，一診十金。如是這般，三獎的彩金飛快燒個精光。

記憶裏，寶妹的病起起伏伏。媽就是出奇，一頭半月就該消退的麻疹，如何反反覆覆燒上三四個月，把我們折騰個半死？中醫説麻疹不透，媽就歸咎於馬票帶來的禍，薄命人沒法消受，當初就不該發癡夢買馬票。

甚麼名大夫都去看，甚麼鱸魚肉都去買，有説是假疹，有説是真疹，甚麼藥、草、金、石，通通照投。寶娃偶然退熱，媽就説：「額頭涼了，退了，怕好起來了。」但到了晚上，額頭忽如火燙，她就問：「怎麼辦？再煲點薏米水？」

接日連月，幾個人抱住寶娃團團轉，心焦如焚。媽脾氣之壞，不在話下。而我，幾乎天天都要到村口的藥舖抓藥。甚麼大國手的獨方，來去還不是那幾味？連百子櫃抓藥的老頭也唸得滾瓜爛熟，媽還是要我先跟她唸好才去買：生熟薏米、燈芯花、蟬蜕、浮萍、淡竹葉……。

結果哩，日煎夜熬，我首先捱不住了。

某個暑夜，捱過了一整天的藥火薰蒸，吃了臭罵，憂焚在心，我孤單單在沙地上打開帆布床睡下了。直至半夜一骨碌醒來，竟不知人間何世，只覺心頭似還有事未了，口裏喊着：「生熟薏米燈芯花淡竹葉……」，半睡不醒，走出了村口。

正要過橋，媽從後將我一把抱住。原來有兩個夜聊的藤工看見我，給媽報訊：你家的老大瘋了！

我平生的夢遊，自此開始。

這時節，除了病熬，還有窮逼。媽是甚麼名醫名方都試，那筆彩金花光了不止，連積蓄都淘光了。而媽，哪裏還有閒空給人打針？又哪裏有吃飯的錢？

我的記憶裏有幾個清晰的片段：到黃大仙拜神，討神茶、神符啦，到甚麼古怪的街去找老中醫啦；到了火急地步，找西醫打退熱針啦……。通常是夜深無援，無計可施之際，跑上順寧道叩一家無牌女西醫的門。她蓬頭亂髻來開門，衣衫不整，卻平和淡定，藹藹可親，像個見慣疾苦、自己卻又落了難的觀音菩薩。她給寶妹打針，腕平手穩，麻利爽快，很有媽的手勢。

記憶裏，日子一天一天的沉重，是我們平生頭一遭天天吃南乳的日子。（媽不吃腐乳。）媽是看顧面子的人，吃飯再不能在沙地上光天化日的吃，而是躲在屋子裏，拉上板門，亮一盞火水燈偷偷地吃，南乳白飯，或豬油拌飯，草草收場。

年近半載，這段日子如何捱得過去？

某天，寶娃似乎稍有起色，媽問我：「你看怎麼樣？一家的油米，再變也變不出來了。我想過，打針工不易找，我不如到青山道口的嘉頓工場[2]學做餅……」

我似乎是聽不明白。只清楚記得她接下來的一句：

「就把寶娃交給『灣仔那邊的人』，大家見步行步，你看怎樣？」

見步行步，是媽的人生口令。才五六歲的我覺得好，也應她說：

「好！」

我不知道她後來是否跟爸商量過。總之，有個暑午，她揹了寶妹出去，四五點回來，背上、手上都沒有寶娃，連那條紅花揹帶也沒了。臉色蒼白，說話柔聲細氣，好像再沒有多餘的氣力。

「你先去下米做飯。」

這個暑午，媽和我一生都沒再提起。

6

寶娃是我和媽一生的糾結。先說寶娃的將來。

媽送走了寶娃，當初恐怕沒想到竟同賣兒鬻女，一去不回。

五十年代，賣兒是尋常事情。我和媽見過的賣兒場面，不下三四次，都在通衢大道，兩家人來交割，圍住一個抽抽噎噎的女人，一手抱娃娃，一手摸頭拉整被巾，個個面上是一副焦心尷尬。中間總有個牙婆來排難解困：「好了，好了，你的娃娃福厚命大，遇上好人家，豈不更好？大家好來好去，從此各走陽關路……。」

媽看見這種場面，便會說：「拐另一邊走，這邊有人家賣兒。」

媽送兒送女，寶娃不是唯一之例。

她說得不錯，馬票中彩，是此生大劫。我們的家道從此一落不起，窮逼了十年以上，遇到衣食不繼，媽都會送走一個兒女，富弟、玉妹都遭遇過。

先是富弟。媽上嘉頓的班，我不久上了學，富弟太小，單獨留家不行，就送到嫲嫲家裏。六十年代初，玉妹生下來沒三兩天，也交了嫲嫲收養。

但富弟和玉妹始終都回來了。富弟是一年後回來，跟我一同上學。玉妹跟了嫲嫲三年，到了她不亂撒尿，能自己動手吃飯，也就回來了。我和富弟都長了一歲，兩個小哥帶一個只會笑、不大說話的娃娃，哪裏不行？

就是寶娃，媽始終沒有要回來。

送走了寶娃，爸在往後的一兩個星期，說過這樣的大意：「寶娃過得好，注定了和姨姨投緣。換了西醫，高燒就退了，還長了肉，紅紅白白。姨姨疼她，大家姐視她如珠如寶，一家人樂呵呵。」

我記不起媽當時是怎樣反應，似乎她沒說一句話。

爸每週一度的歸來，是媽的大節目，做飯燒菜，忙個不了，還好說甚麼呢？一週裏最豐盛的美味，就在這不早不晚、卡在午後四點的一頓飯，讓男人吃過飯，能及時六點前回到他的家。還說甚麼不管用的話呢？

寶娃一去不回，是因為爸的話嗎？這個向來不大說話的男人，他想說：「你休想把寶娃接回來！」是這樣嗎？

還是媽心裏一直有過敏的虧疚？懵懵然奪去了別人半個丈夫，就想順水推舟，還她一個閨女？無所出的女人，誰不想有個娃娃？

這些都不過是我六十歲後的漫想。這些年，我的血脈何嘗不是沖湧着虧疚？

* * *

寶娃跟姨姨長大，她管姨姨叫「媽」，和我們幾個叫「姨姨」不同。直到寶娃二十一歲，母女才再相見。那是大年初一，爸帶她回來拜年。

寶娃出脫得非常漂亮，一張小瓜子臉，杏眼纖鼻，幾乎就是年輕的媽。她已中學畢業，上銀行的班。

二十年不見的母女，見了面卻是若無其事。恐怕大家都早在心下預先演練了好幾次主酬客酢的套路。先是寶娃喜臉迎人的一句：

「媽，恭喜發財。」

媽瞇緊了眼睛端詳她，同樣堆着喜臉，遞上紅包：「你長得真漂亮！過來，利利是是，一年順景。」

然後，我們幾個聰明伶俐的兄弟，立刻打開電視上的熱話，再轉入職場上各自所見的橫風惡雨，後來還有哪個小弟學着徐腔，唱《大亨》[3]裏的兩句：

「何必呢，可知一切他朝都會身外過？」

歡聲笑語，輕易就讓這場令人疲累不堪的「省親」過去了。母女之間，該有的千言萬語，都消蝕於沉沉寂寂、愛怨交纏的心底。終此一生，誰也沒能再提起。

寶娃從來不主動提起媽。往後的歲月，媽也絕少再談起她，連想念的話也不再說了。而母女從此又總會每年一見，都在大年初一。

---

1 烏龜山是村的叫法，在地圖上無名無號，在喃嘸山（現今的嘉頓山）和鴉巢山之間。

2 嘉頓公司創立於一九二六年，主要生產麵包、糖餅。四十年代開始，廠房設在青山道口。

3 《大亨》是香港電視連續劇，一九七八年啟播，主題曲由徐小鳳主唱。

（二）軼事一束

1

送走了寶娃，我曾經的夢遊似乎還有點後續的餘味。

寶娃走了沒過一個月，媽開始到嘉頓上班，是糖餅工，日薪一元八，一個月才五十塊左右。而打針的事業，悄悄然畫上了句號。

上班前的那個星期，媽先帶我到街市給老哥老嬸們打招呼，賣魚、賣菜、賣豆腐的，讓我統統認住。就這樣開始了我每天上墟下廚、煮飯燒菜的歲月。

媽早上五點半起床，出門前把我推醒，嘮嘮叨叨，說一堆買甚麼菜燒甚麼飯別亂野的話。

這段日子於我本是無限的美好！無須委屈於媽的督視之下，舒筋動骨，事事自在，和鄰家野孩拍「公仔紙」，或者找個黃絲蟻洞撒泡尿，或者上山捉蟋蟀、抓蜻蜓。玩得不亦樂乎。直至肩脊都覺到頂頭熱太陽的尖刺，時間不早，便匆忙衝進街市，賣魚家總是先劏理好一尾紅衫，讓我拿回家。蒸魚不難，用媽的法子，放在飯兜裏蒸熟，撒灑一點油鹽就能上桌。媽每天都準時十二點半到家，飯後又匆匆上班，直到日落昏黃才回來。

媽上班以後，脾氣臭了。記憶裏，她本來就不常喜笑，這以後更有點酸刻的容色。從前晚頭母子倆總會閒話，說說外公婆的長短，或者荔灣的旖旎歲月，或者拿起月曆上林黛、樂蒂的彩照，比較一下不同門派的女人美。但上了工廠工，媽總是鬱鬱若有所思，不言不語。

而我，更野了。沒有寶娃的病壓在心頭，沒有媽的目光時刻照灑在背上，一下間寬天闊地，了無牽掛。但有時長日午後，大人都昏昏午睏，或者一堆野孩的無聊嬉鬧敵不過頭頂的火太陽，終歸沉寂，各自家去，自己心頭便總有空落落的感覺。

殼。

就在這段日子的某天開始，無論白晝昏夜，我都見到一個個鬼頭

鬼是甚麼樣子？鬼有眼珠手腳，卻又不像人。一個禿頭，光溜白滑，從不說話，只挨在門邊朝我呆笑。也有一兩個鑽進被窩，挨我共睡。鬼並不害人，但我心裏着慌。我告訴媽：我看見鬼。

媽說沒有鬼，她走到門邊東摸西摸給我看，確實鬼頭不見了。可她才一轉身，一副不像人的禿頭鬼臉又沒聲沒氣的傻笑。

媽鬥它不過。

媽放了一把鉸剪在枕頭下驅邪，但鬼頭不怕剪。媽帶我上山到每個彎彎角角都叩拜一通，但呆鬼不領情。媽無計可施，最後到黃大仙上香，買了一道黃道神符回家貼在門上，也不靈。

與鬼為伍，半慌惶、半快活，過了兩個月。直到過了中秋，碰上餅廠閒季，媽這個日薪工待在家裏個把月。她那鬼見愁一樣的愁眼，時刻瞅緊我，如芒在背，我的鬼病竟然不藥而癒，似乎連鬼頭都怕她，

一個個溜掉了。最後一個某夜挨在門邊，形單影隻，似來告別，真令人依依難捨。

鬼是夢遊的行伴，還是沒有媽的失落？

媽始終認為是黃大仙顯靈。這時媽碰巧聽說有家織藤工會小學，離村不遠，帶我去插班。讀書識字憂患始，這是後話。以後我一生無論如何癡想，都與鬼無緣了。

2

一九五六年的暴動，爆發於寶娃出生之前，源頭原來在於李鄭屋。從老照片看見李鄭屋當年一片紅冉冉的旗海，鋪天蓋地，自己只有稀淡的記憶。有的印象倒是每年雙十，總有人進村派旗，小竹枝上，一面紙製的「青天白日滿地紅」，孩子們擺來晃去，格外興奮。

一面旗掀出一場暴動，於我是莫名其妙，於媽恐怕只是天遙地遠的一起風塵。一天，媽出門打針，不久就折回來。

「外頭暴動戒嚴，你別亂走。」

我問她：「甚麼暴動？」

「小孩別問。」

媽從來不談政治，嘴裏從沒有國共。她是從民國走過來的人，見識過抗戰，長大於內戰，紛紛攘攘，然後，又遇上了四九年後家離親散的歷史錯位。諱莫如深，是歷史給予她這輩人的智慧。如果還有甚麼家國理想，恐怕就是「帝力於我何有哉」這麼一句話！凡是與家和吃飯不直接相干的事，她都沒閒心去理。

一九五六年暴動，給我們最深印象的是英兵。一個個唇紅腮白，高頭大馬，一身筆挺的卡其綠，步履整齊，幾乎每天都列隊進村，繞了一圈就走。小孩跟在後頭，哇喇哇喇學模學樣的操兵，他們也不怒、不笑、不理。

英兵不擾民，個個掛了張撲克臉，背後藏着甚麼呢？對於身處陌地，究竟人間何世，眼前又是暴甚麼動，恐怕跟我們一村的野孩一樣，莫名其妙。往後的兩三個月，村後的烏龜山頭，都站了一隊英兵守崗，還似是不眠不休的。每天太陽還沒上山，天是麻麻亮，我們早起的野孩從山下瞧見山上幾個兵哥，都會揮臂搖旗，高高興興的喊個洋招呼「哈嘍」，兵哥就給我們遙遙翹起了大拇指。

人間暴甚麼動，始終還有純真的歡喜。

3

相比於暴動，火災是更能惹起哄動。一年到頭，我們的村總能不遠不近、心驚肉跳的眺觀好幾場連天大火。

有時火在烏龜山後。是石硤尾、大坑東？我們是隔山觀火，看着漫天熊火層層色變，從赤紅到黃亮，消沉到淒紅、到烏瘀。有時火在石板路西，隔在好幾排矮屋脊之外。是蘇屋村？或者更近？

大坑東大火（1954 年）
（政府新聞處圖片）

觀火通常是這樣的：

某個夏夜，沙地上家家在晚飯之際，西天忽然泛起一抹紅光，有人指着幾點飄上來的火星說：「火燭！」

大家一下間都呆了，停下了碗筷。

起初還只是挨着幾排屋脊的一暈紅光，後來「蓬」的一響，一大團黃晃晃的焰火飆上半天，半個天都燒着了，光亮得連飯桌上的火水燈也黯然了，家家盤碟上的殘魚剩菜都照得一清二楚。

大家都吃一口、停一口的，定睛看天。

有人說：好近哩！似乎比蘇屋村還近。

男人就議論起來：要走嗎？一旦火燒橋頭，就再沒去路了。

但似乎沒有人走。人人都暗忖：大禍臨頭，終歸還是別人，自己能安吃穩睡，一覺天明？

就是這樣，人人的一心兩眼都給火精吸住了，沉默半晌，又各自沉吟半句，直到火光從黃亮變成紫紅再變成一片烏瘀，從半天高洩扁成屋脊邊上的輕輕一抹，大家才都鬆了一口氣。

媽觀火從來只是默默盯着，不吃飯，不說話，握緊我和富弟的手，呆着出神。直到四下的男人都說：燒完了。她才定定神，一鬆手，就連忙收拾碗筷，打發我們沖涼去了。

我習染了媽的意態：暴動是乍起乍落的風塵，擾擾攘攘，終歸生活還是按着自有的邏輯演化下去的。歷史上幾番改朝易代，多少個皇帝上場下場，沒完沒了？我們這些山高地遠的細民，還不是指望着日出而作、日入而息的平淡？

只有火燭，才真能讓人血脈沸騰起來。

4

老屋倖免於火，但每年都有三兩次水澇之災。

每逢暑夏，颱風接二連三，山洪沖泥捲石而來。一村頓成澤國，老屋的木門哪裏抵擋得住滔滔洪澇？滿屋子水，從腳踝漲至半膝，再上來就連床鋪都要淹沒了。

這時節，家家都往外逃，鎖上了大門，各自尋親訪友，借宿三兩天。雨過天青之後，回來執拾一通，掃走滿地滿床的沙泥，依然是個安安樂樂的家。

5

在老屋的日子，給外婆寫信報平安，是每月的要務。

媽親筆寫信固然有，由我代筆，也不在少數。寫的第一封家書，自己還記得。媽在灶房洗衣，我坐屋廊裏的一頭，一張矮腳櫈前，放一張高腳方櫈做桌面，放上紙筆墨。媽從灶房喊出一字一句，由我默寫。

當年還不知道有原子筆，墨水筆又買不起，鉛筆是不能寫信的。

只好用毛筆。

信裏說甚麼呢？我只記得最末幾句：餘容後稟，勿念，敬祝慈安。

媽教得好，婆婆用「慈安」，公公用「尊安」。

當年我才剛五六歲，不過是靠媽晚上教我認字，積下來有一百幾十個，但幾曾學過「餘容後稟，勿念」？而且還是在一張紅欄八行箋上寫蠅頭小楷，滑滑薄薄，蘸墨稍多，已經滿紙墨豬了。

這是我最慘痛的經歷。我完全聽不明白媽舌頭捲出來如連珠炮一樣的假文言，一句十個字，總有七八個我要拿着草紙本，耷頭拉耳，到灶房請媽先用鉛筆寫下來。廊灶之間，來來回回十幾趟之後，媽光火了。

「唸書唸屎片！」

我的首度寫信大業，就在哭哭啼啼中拉響了開門炮。

幸好外婆不滿一個月就回了信，媽給我唸出來：

「成孫的字寫得真漂亮！」

我聽了確曾喜出望外，儘管疑心還是暗起：一紙墨豬，難分難解，難道鄉下人也看得出漂亮嗎？但媽一臉喜孜孜，似乎是連她也確信不疑。我還疑甚麼呢？

我對外婆一直深存感激，雖素未謀面，心上卻有如同面提手觸的親愛。她在我一生裏只說過讓我聽了高興的話。

6

「大躍進」這個名詞，我是後來才知道的。媽的嘴邊，從來沒有政治。

五十年代後半，國家大躍進，外婆來信說，家鄉缺油缺糧。當年的國策似乎是禁寄糧米。大家都轉而寄豬油。據說甲家拿豬油換乙家的糧米，以物易物，互通有無，生存就有了法子。

媽炸豬油，工序並不煩。豬板油切塊，下鍋加水，水煮開了，豬板油膏一片雪白，黃金金的油慢慢滲浸了半鍋，不稠不薄。媽把豬油倒進扁罐裏，冷凝之後，還是一片雪花花。

新煮的豬油，鮮香味美，拌飯加鹽，就不必再下甚麼菜。爆口栗大小的豬油渣是解嘴饞的零吃，連媽也愛不釋手。

寄豬油回鄉，規格極嚴，也不知道是港例還是國策，後續工序最煩人。鐵扁罐要錫焊封口，用布巾裹好，地址用毛筆寫在巾上。後來政策一變，要用綠油紙裹好，用細麻繩紮緊才能寄。

拿到郵局投寄，也絕不容易。寄物的大小輕重，全依尺秤，執法如山，只要超過半分一毫，就等於前功盡廢，罌罐要撬開，一切從頭開始。

我還記得當年保安道的郵局門前，冬寒裏一列念遠思親的人龍，彎彎曲曲，繞過好幾個街口，家家都趕寄豬油迎冬節。婦女三五成堆，吱喳談聊，野孩們如我，在人車之間，跳嚷跑鬧。

四方八面來的念鄉人，各自心下一點親情，憑此帶來了緣份，陌路相逢，消費一點歡喜，何須相識？

這就是我的童心上印刻着的國家大躍進圖景。

* * *

外婆捱過了大躍進，但捱不過文革。

七二年春，八姑婆在晚上來我家，兩個人涯呀忒呀，說起客家話，才說了一句，媽就啾啾的哭起來了。

八姑婆坐了個把鐘，媽也哭了個把鐘，抽抽噎噎，不大聲息。

八姑婆走了後，媽獃坐了一陣，抹掉眼淚，拿起八姑婆送來的小包錦橙，連忙上香，也沒有特別打亮了燈，烏沉沉裏跪拜了天地一通。

媽以後很少提起外婆，興寧的家就更少提到了。

鷄鴨
蝦燒

五、嘉橘不遷

青山道上（2019 年）
從 1959 到 2019 年， 六十甲子，人事幾變，青山道上依然留住一點客家餘味！

1

老屋在一九六〇年初給拆掉。政府收地，要擴建徙置區。提到搬家，媽有十萬個不情願。一紙徙置，要是下放到甚麼老虎獅子岩，離開了生計所繫的嘉頓，還能做甚麼呢？車衣廠請女工，媽又不會車縫，我們的居家常服，都是她手縫的。

忘記了究竟是政府派人來講話，還是村裏的男人說開的，總之，每戶按人頭補貼，派它幾塊到幾十塊錢，又都會徙置到牛頭角、黃大仙一帶。

政府給每戶都發了個通知函。為了戶口登記，家家戶戶又都到村外一家叫「東沙島」的照相館拍照。連爸有千百個不情願，也得抽個空回來。拍了照，他匆匆而去，還是我們平生第一幀闔家照！

後來，連分配的住房樓座戶號都發了下來。媽和我兩個某天乘巴士往牛頭角去看個究竟。

對於遷新居，我不無興奮。記得李鄭屋徙置區才剛落成，正陸續入伙，媽和我經過時，她曾興奮指給我看：「你看，家家都有電燈。」我們還特地跑去看看水喉龍頭、公用坑廁，覺得是了不起的發明！至少，從公共水龍頭挑水回到屋裏，只消十數步，豈會像打井水，肩挑兩桶，左搖右擺，走上半百步，丟了半桶水，還回不到家？

電燈的好處更不用說，火水燈會招惹火燭。有了公共坑廁與澡浴之房，就不必在老屋的同一個灶房裏，燒洗拉撒沖，件件俱做，五味雜陳。而且一百二十平方的斗室，是我們老屋尾房的三倍面積！

更令我神往的是上樓。村裏幾乎家家都是住地上的，從來沒有上樓下樓的架勢——就除了幾個住兩層平房的富戶。要是住進徙置區，天天都上天下地，豈不爽快？

可是，到我們也成為了徙置戶，媽是萬二分的躊躇。

我們換乘了幾趟巴士，才來到別人說的牛頭角，竟沒發現甚麼徙置區。兩頭盲驢左查右訪，千迴百折，最後來到一個滿盈着士敏土腥氣的新樓區：一幢幢空無人煙的灰樓，滿了半個山坡，陰沉沉瞪着我們母子倆，我們舉頭回瞪它一眼，又扭頭望望山外，四下荒涼，草黃葉瘦。這時雙腿疲痠，大家都感到莫名的失望。

媽沒再看下去就回家了。

媽的決定是：怎麼也不會搬去「牛頭角」。荒山野嶺，哪裏找活？

媽過去了的許多年後，我才偶然發現，牛頭角徙置區開建於一九六七年，我們在五九年去過的，只能是黃大仙，或是橫頭磡。媽怎麼會弄出個「牛頭角」？

我這個傻巴巴的媽！

但管它是牛頭、橫頭，媽是怎麼也不肯去。

逼遷在即，但媽確有本事。某天，她回來說：「不怕，我有了辦法。」

我不由不佩服我們的媽！

原來她在順寧道遇上一個賣菜客家，聽她說有人願意拿他的李鄭屋戶口和我們的「牛頭角」戶口對換，換屋價要一千。媽的這個客家老鄉另收二百元仲介費。

媽顯得異常興奮。

「錢不算甚麼，不怕。只要留在李鄭屋，甚麼都有辦法。」下一步不過是想方設法籌借一千塊。

我只知道「千」是個極大數，但究竟是怎麼樣大法，無從想像。看見媽的喜眉笑眼，我相信媽錯不了，甚麼都有辦法。

六十年後的此時此刻，我相信，當年的媽一定是瘋了。

憑她每月五十塊的工錢，她怎能想像能有朝一日清償這筆比收入高出了二百倍的債？再努力二十年？三十年？還是再來一次中馬票？

我這個媽，從來看不清眼前現實。但這次她確乎瘋了。

2

但為甚麼呢？怎麼非要留在李鄭屋不可呢？才六七年前，她不也是帶了我和富弟兩個毛娃，天不怕地不怕，跑到不毛之地的黃大仙？

我試着用六十年歷練過的老眼，回想這個三十出頭的媽。

迷走於香港十年，曾經幾番滄變？又是多麼令人難過！

這個漂亮的女孩，當年在荔灣河畔，一定憧憬過最動人的愛情，最疼愛她的夫婿，最美滿溫馨、兒女成群、能讓人白頭到老的家。豈料如今，竟是似婚了卻又不似婚了，一腔無法申說的委屈？

從小放牛當上了助產生，一定想過護士袍下令人欣喜的尊嚴，最終走向的光明，哪裏想到如今在烏天暗地裏和幾個不識字的女人一同數糖果、秤餅乾？我這個說得出「餘容後稟」的媽！

踽踽於香港街頭，一個走丟了路的孤女！

一九六〇年，在四方八面拋來橫眉冷眼的險途上，所有的夢都破

北河街（1960 年代）
圖正中是北河戲院。
（Getty Images 圖片）

了。心裏還抓得住甚麼呢？

3

我曾向富弟提起這椿千元換屋的奇案。富弟最靈心善感，他說：

「你忘了嗎？當年青山道上，不是還有幾家客家藤店的嗎？」

我恍然想起來。媽不知從哪年開始，喜歡上北河街買菜。要買菜，村口有菜攤，才三兩分鐘的路。再遠有順寧道的菜市場，連少見的獅子魚、紅菱角都有，才不過十分鐘的路。但北河街市，在青山道的盡頭，非走上大半小時不可。

的確，北河的熱鬧，是深水埗一帶沒比的：一列菜攤蜿蜿蜒蜒像條大南蛇，從石硤尾口直伸到靠海的通州街，甚麼山貨海味、肉菜瓜豆、花布衣裳、皮履革具、風爐火燈、箱櫳桶缸、甚至寫信問卜，一應俱備。當初我們逢大除夕才來撿些年貨。但後來，一頭半月，媽總會上北河街一兩次。

她是挨青山道走過去的。打幾家客家藤具店門口經過，她先跟裏頭的甚麼姨甚麼叔打個客家招呼：「恁早！食過吂？」也不怎麼稽留，就跨出大埔道口，拐進了北河街。

我有時同去，問她：「幾尾紅衫，順寧道沒有麼？」

就是這樣嗎？

我如今用六十歲的老眼，能看得清這個女人心嗎？

當年的李鄭屋，是出奇的散佈着點點塊塊的客家藍色，讓她依依稀稀抓住一點家鄉的老味，讓她能跟自己的過去接上了軌，讓孤零零的心有了挨靠？

人心的悱動是多麼微妙，又多麼難以捉摸！

我還想起來，媽特別愛吃藤埸裏的稀飯。一碗淡不淡的白稀飯，下幾丁菜脯，有甚麼好吃？

李鄭屋讓媽握住一點老根，就是這樣嗎？

4

無論如何，換屋的事很快就敲定了。我和媽滿心興奮的籌劃舉債大業，用現代的雅稱，就叫它「眾籌」。

媽在我的習字簿上寫了十幾個舉債的靶標人物：「這個人不錯，還有他，有她……」

往後的幾個月，逢上週末，我們就憑着媽稀稀朦朦的記憶，一個個走訪這些他、她、他。媽如何認識這許多闊人？連我也攪不清，有些是外祖父母家的親戚，有幾個是打針的主僱病家。

眾籌的記憶，如今只留下一兩個片段。其一是我和媽陪某家的太太打麻將，兩個悶嘴葫蘆，沉沉過了一個下午。媽不會打麻將，只是靠邊觀戰，完全觀不出所以然。而我，是挨着靠邊的媽，乖乖坐好，只知道此事重大，不容有失。印象裏，這位圓潤的少奶奶似乎老早就看穿了來意，打起牌來，前吆後喝，左唉右嘆，一時要茶，一時索巾，

中環太子行（1960 年代）
圖右是高等法院。
(Getty Images 圖片)

似乎比我和媽板着一張佛臉乾坐更苦。兩個白衫褲的馬姐團團轉，忙個不了。

結果如何，我記不起來，只依稀有滿腔不痛快。大概是錢借不成，還捱了說話。

另一個片段在中環，媽上了公主行一家很體面的裁縫店。從天星碼頭到公主行的路上，媽給我這個小鄉巴逐一指點：這是太子行，這是告羅士打行，公爵行、公主行……。兩個人走在一列洋式麻石拱廊之下，晚風送爽，感到格外的神清氣朗。

後來呢？這次是罕有的馬到功成。只記得事後，媽一出了店門，把錢票小心放到手包的裏夾，歡天喜地，合不上嘴說剛才那個禿了頭的老先生做洋服有多棒，生意是華洋兩邊吃。最後，我們還坐上了天星小輪的頭等。

這次眾籌，折騰了好幾個月，竟大出所料，全功告成。一千塊，我們小世界裏的天文大數，媽是預算能成功的嗎？依我的認識，媽哪裏算得出世道人心？幾曾算得準？但這個艱務裏滿佈着的冷言冷眼，旁譏暗諷，她一定早有所識，只是不特別放在心上，自己橫着心一往而前。

真能漠然不放心上嗎？

我曾用孩子的眼睛看媽，她一無所畏，又無所不能。如今，六十年的老練，能猜摸出她心裏的黑暗？

這個踽踽女子，拿出最大限度的勇氣，不哼一響，把一切的驚憂惶惑都鎮壓下去。但又該是多麼渴望能拉住一雙手，同走一段艱路？

這就是怎麼這個走丟了路的她肯讓我陪行？

我慶幸她曾拉起我的小人手，同走過一點莽野荒路，摸天摸地，用彼此的歡言笑語，撥開一點心靈的烏暗。

無論如何，我們搬進了李鄭屋徙置區F座四百六十八號，就是幾個弟妹記憶裏的第一個家。

六、徙置

徙置區遊樂場（1960 年代）

（一）窮鳥不窮

1

徙置區是另類的遊樂場。

搬進了新格局，我們竟發現自己是最窮戶。

簡言之，徙置戶必備三寶：碌架床（雙層床）、電風扇、收音機。三寶之有無，能劃出一條上清下濁的貧窮線。而我家竟是三無戶。

碌架床之大用，豈止臥息而已？這必須從徙置樓的格局說起。

李鄭屋的徙置樓是舊式H型——兩豎一橫的結構，一樓七層，七個H層層相疊。橫畫是整個樓層的核心，聚合了公廁、澡房、自來水龍頭。兩條豎畫是家戶所在，一個個一百二十平方呎的家，分列豎畫的左右兩邊。若以橫畫為界，兩根豎畫可分成四截，每截共有十六戶人家，一截的左右兩邊各八戶。換句話説，每戶除了挨左挨右各有另一戶，挨後還有一戶。前後戶之間的隔牆，牆頂開了十幾個有巴掌長、正正方方的通氣窗，只要爬近牆頂，就能從氣窗窺見後戶燒飯沖茶，穿衣拉褲，和所有你想閉上門才做的勾當。

所以家家戶戶都想盡法子把氣窗堵住，但當年的徙置署每兩月就派人來一次稽查。按官方的邏輯，氣窗是通氣的，不能堵。當年癆病猖獗，通氣是公共衛生的大事，連門窗掛幅花簾子也不行。稽查的小官氣燄很大，家家都不哼一聲。

因此，每家的大床都挨靠後牆，避開從氣窗投過來的窺視。更好的當然是放一架兩層碌架高牀，上層床鋪遮去氣窗眼的大半視野，一家的私密保住了八九。

我們是一列八戶裏唯一沒有碌架床的家——買不起。

當年家家必備的還有電風扇、收音機。

要知道，一個丁方斗室，三面是死實實的牆，門窗都開在一個方向，後壁只靠幾個牆頂氣洞通風，一到暑夏，你能想像是如何的悶熱。而且，徙置之所以為「區」，至少有七八個疊了七層的H，密密一列排開，要是吹來一股天風，哪裏能輕易就翻過一重又一重的層樓廣廈，給圍在千門百戶中間的你們一家送涼？大家要乘涼，都要走到H中間那道橫畫的樓廊口，風只能靠這麼一道橫畫，從山邊樓過樓的穿透一個又一個的H，最後散走於青山道上。樓廊口是老男人的專區，個個打開一架帆布床，靠牆一字排開，天長地久地佔穩一個席位。可是有婦女的家戶，到了晚上就寢，關窗閉門，沒有電風扇的話，如何安睡得了？

電風扇是無論如何都要備辦的，可我家沒有。

媽從沒抱怨過翳熱難睡。連我和富弟也習以為常。我們家竟煉就了一副不怕熱逼的金身。

對我來說，最難受倒是沒有收音機。

午前十一點半，只要「蕭湘講故事」的前奏「噔噔噔嘟噔」響起，就是我下米燒飯的最後告急，連忙衝到樓下小舖買兩磚南乳，媽十二點半下班到家，馬上就有飯吃。到了一點，匆忙沖淨碗筷，媽媽上班我上學。那個時辰，該又到李我的「天空小說」爆響了。

我最期望的是晚上七點以後：雷克探案、藍燈小說、歐西文藝小説（《基度山恩仇記》、《古堡藏龍》、《三劍俠》），然後就是「夜半奇談」。週末午後，又有鑼鼓喧天的「警惡懲奸」。甚麼俠骨柔腸、恩怨情仇、殺人放火、姦夫淫婦、以至魑魅魍魎，有甚麼我從前沒見識過的，一下間都憑五六把老腔嫩喉擺在眼前。收音機打開了一片我眼睛不曾見過的奇天妙地。

家裏沒有收音機，後壁一家如果通情達理，自會把他家裏的收音機聲量調高些。靠着幾個氣窗，一聲傳兩戶，大家還是聽得很入神的。

但後壁戶不常扭開收音機。幸好還有隔幾戶的潘師奶家。

潘家是野孩子的家。一對老夫婦無兒無女，卻是數一沒二的富戶。只看潘家的地台，修整得平平滑滑，赭底有花花點點的微晶，就知道有多講究。夏天躺上去，沁骨清涼，真有孫悟空上天宮打午盹的快意。最難得是潘師奶好客，東鄰西巷的野孩都招呼來了，地台上臥的、滾的、鬧玩的，還有專程來聽播音的，潘師奶只會抿嘴笑，就像是自己生了一窩野孩一樣，絕不嘮叨，自忙於燒菜做飯，進進出出。桌面上放一台鑲木皮、共有三個白旋鈕的收音機，歡迎自便。每夜的播音劇一檔接一檔，一直到潘先生九點下班，大家才鳥獸散。潘老先生是小廠老闆，要是偶然加班，非到十點過後不回，潘家就更哄鬧得不亦快哉。

碌架床、電風扇、收音機，拼造了一個世代、百百萬萬人的存活方式。我們這個「三無戶」，自適於其間，一樣的怡然。

＊　＊　＊

當年的每一個晚上，我安臥潘家，神馳萬里之外，聽着基度山沉身汪海，或者雷克探長的電話叮零——叮零零之際，媽就隔了幾面壁在洗刷縫補，或者挑水打掃，或者切分鹹魚酸菜，讓我明天做飯。也偶然會楞一會兒神，發個呆。

她會想甚麼呢？

媽對於收音機，並不着迷如我。當年的她，從沒有娛樂這種事情。她不聽粵曲、不聽播音小說。她注意過明星，能認出李麗華、林黛、凌波之類，但只是一個女人欣賞另一個女人的美。西洋男明星她只認得有個尊榮（John Wayne），女明星有個叫慧雲李（Vivien Leigh），再說不上其他。尊榮是爸之所好，而她眼中的慧雲李，是濃得化不開的艷色。她連《亂世佳人》也沒看過。

那麼，她會想甚麼呢？

而我，隔着幾面壁，浮盪於收音機波譜上的人間悲喜，正漫起了前所未有的胡想。

收音機打開了我對世道人情的識覺，我首先學懂了得失，還會算：

隔壁黑仔家強不了我們多少，但電風扇、收音機、碌架床三寶俱齊。他們的媽在菜市場賣菜，我們的媽上嘉頓做餅，收入並不懸殊，關鍵就在於爸這一方。他們家掙的錢只養活一家，我爸掙的錢要養活兩家。結論是：攪弄出兩個家，兩邊不是人，孩子活受罪。

媽的月糧才五十塊，屋租、學費已丟了一半，還有柴米油鹽，怎麼也養不活一家幾口。而爸呢，月頭拿點錢回來，不知怎的，時多時少。有些年月，連我的五元學費也付不起，還是好心的班主任楊玉瓊老師給我交了。每個月挨近月底，媽和我例必左籌右算，思量着怎樣省用節吃，捱到另一個月的開始。

當年也不知道是誰出的餿主意，我和媽做了一個實驗。就是月頭出糧，買一斤五花腩肉，用黑抽[1]滷燜，預算吃它一個月。黑抽鹹苦，既可防腐，也能止饞，此計甚絕！豈料，媽做的客家腩肉皮肥肉美，用黑抽拌糖，文火燜香，才熱騰騰開鍋，舌尖已禁不住衝動，沒個把星期就吃個精光，餘下兩星期只好清水蒸豆腐，最末一個星期，關上門，吃豬油拌飯。

收音機和電風扇這兩項徙置區裏的文明，讓我看清了貧富的分野。我自小就想通了：要怪就怪爸。

而媽呢，從沒怨過窮，更出奇的從沒有把窮算在爸的頭上。她似乎認為貧富順逆，自有天意，哪怕連「何必介懷」的念頭也不曾起過。時至今天，緬想媽一生裏視貧艱如素常，半句怨窮逼的話也沒有，連怨爸的半個字也沒說過。我愈想愈覺得稀奇。

這是她客家人的素質嗎？看慣了日曬雨淋下人人面上的幾條苦逼紋，見怪不怪，倒不如咧開嘴，綻一團濃濃皺皺、紋路難分的歡喜笑？

還是因為她真的愛我們的爸？能與自己的男人做一世的夫婦，人生託了底，無苦無怨？

2

此生最窮霉的事，稍稍改變了我對貧窮的看法。

某個年三十晚，媽、我、富弟，還有三歲的玉妹，半掩上門，聽媽說：怎辦呢？

我們一心以為爸在入夜前能及時送錢送糧，可是過了十點，還沒人影。

每逢過年的喜慶，甚麼換舊添新，固然不必再想，連爸是否回來也說不準。最難受的是大家還沒吃飯。米缸才半勺的米，不夠四人的飯。媽太篤定，看靠爸會及時回來，怎料落得一場「在陳絕糧」。

當下的第一個議題是：向八姑婆家借錢，行嗎？或者捱到明天，大年初一，向人家討個利是，是否也行呢？

一家人聽媽說着，沉吟了半晌。

不知是誰說的：不如全屋子都搜一搜，看看有沒有幾個毛錢掉在地上，再想辦法。

大家都興奮得不得了。老的嫩的統統蹲跪，在麻包裏，米缸裏，床下桌邊，灶頭盂底……眼瞄手探，忙個不了。

富弟，你記得嗎？是你在五斗櫃後居然發現了一塊五角錢！嚇，不是一毛半仙，而是大大圓圓的五角錢，能買四五個麵包！這一下真是過望之喜！富弟，你記起來嗎？我們都高叫尖嚷，笑得合不攏嘴，連跳帶舞，抱作一團！

到大家靜下來，第二個問題來了：五毛錢，買甚麼好呢？

大家眨巴眼想了想。甚麼吃得飽？

「過年唄，就買株劍蘭，大家過個好年！」

我這個妙絕的媽！

我們幾個餓着肚皮的毛孩，又都莫名其妙地覺得，這確乎是最好不過！

「好！」

此生如果確乎嚐到了幸福的滋味，都是來自媽。她從來不為窮逼而愁眉。但我沒想到，媽竟還有這麼一個漫無邊際的出位之想！

此刻，走過了六十年的風塵，我依然覺得無限的奇妙！只要媽心眼裏開放着一株展艷迎春的紅蘭，一切憂煩都淡作一縷煙痕。

的確，當下最好的是家裏有一株紅彤彤的劍蘭，開得燦爛，迎個好年。

只有希望，才能讓人活得更好。

這是我一生裏最美好的回憶，説不清為甚麼最美好，但它讓我永遠感到人生能有一種非比尋常的踏實感，永遠無畏無懼，永遠有一株燦爛的春開劍蘭，放在伸手可即的眼前。還有甚麼比這個更美好？

當夜，我和富弟走到順寧道口，買了一株劍蘭。到家時，爸已回來了。

3

媽不在意窮富，住得窮、穿得窮，她都自在安樂。獨是吃得窮，她有近乎本能的羞疚。

別人家裏的地台，講究的鋪了石磚，不講究的也用洋灰漿批盪得平平滑滑。我家的地台是最原始的紅毛泥（水泥），痘皮瘡疤，凹凹窪窪。

別人家的窗簾，滾花褶邊。我家的窗簾是一張褪色舊布料，長闊都差一截，左支右絀，總有一邊露出一道縫。

我家的衣褲從來沒有漿熨，媽不興這套，皺巴巴的穿上身，自然平直。但論到光鮮潔麗，我們家的衣裝行頭實在差了人家一大截。

誰不知道我們是整道樓廊裏的最窮戶呢？

窮得如此分明。所以，當初某天媽要我掩門閉戶才吃午飯，我真摸不着頭腦。

好些年月，我們經常到了家無餘糧的地步，連花半分錢買一小磚南乳也負擔不起。爸要到月尾才回來交家用，掰手指算算，還差七八天，這七八天如何過得了？

媽的經驗方是豬油拌飯。老實說，白飯下點油鹽，味道不錯。但媽特別加插的飯前掩門閉窗的儀式，連八歲的我，也哭笑不得。

她說：「把門窗掩好，再開飯。」

徙置屋的窗，左右兩葉，各用大木條板，三竪兩橫，釘合而成。

「窗掩了會黑麻麻。」

「你不會開燈嗎？」

於是，一家就在一盞五火燈[2]下默默吃了一頓油鹽飯。

這樣的日子，時而有之，關門掩窗，必例行如儀。

但要是再往下窮得叮噹響，連米缸的米都淘光了，那怎麼辦？

皇天浩蕩，不棄螻蟻之微！

我家當初搬來徙置區，每到入夜，都聽到樓廊傳來一把老嗓：生油米！生油米！米字唸成高調的「咪」，不輕不厲，抑揚頓挫。每週總有兩次，在每家門前響盪。

他是一家米舖的老闆，大家管他叫「生油米」，每天入夜之後，他一身白襯衫、藍布扯褲，猴猴瘦瘦，完全沒有老闆氣派的勞工老大，手上拿着一疊賬簿，耳上夾一支鉛筆，一樓挨一樓、一戶挨一戶的走過。

生油咪！生油咪！

要糴米油的人家就招他進屋，向他說個斤両，讓他在賬簿上記下，明天送到。

媽在某個晚上，心焦如焚，等「生油米」經過。而他，如常來了，腳步爽健。

「生油米，請你進進來。」

媽小心把門窗都掩上，頓了半晌，才說：

「我們要兩斤米，但手上沒錢，賒數行不行？」

「呵！」

「生油米」如釋重負，他沒料到這番掩門閉窗的大周章，竟為了一樁尋常小事。

「沒問題，明天就送。錢有了再付。米不夠，再賒也行。」

他是料不到，才轉身出門，我們全家立刻哇啦啦爆出了喊笑，歡天喜地！

他是萬想不到，他的一句話，居然給我們的窮逼劃下了底線——再窮也有飯吃！

窮得能安下心的踏實感，是他這個老好人的莫大恩賜。

「生油米」在七十年代去世，我和媽都感傷了好多日子。我們都懷念那長年不分晴雨寒暑，爽步走在樓廊燈下的孑然身影，在香港逐漸邁向衣裝爭奇鬥彩的六十年代，依然是一身出眾的白恤衫藍扯褲，堂堂然一個老勞工，喊着充滿生命溫情的：

「生油咪！生油咪！」

願他往生成佛，福祐眾生！

1 黑抽，即黑稠醬油。

2 粵語。「火」就是瓦特（watt）。「五火燈」即五瓦特的電燈。

(二) 寂寞

1

徙置樓家家門戶洞開，孩子很快有了孩子黨，呼朋喚友，捉兵賊，賭撲克，拍公仔紙，四五張嘴共飲一瓶綠寶（汽水）。

媽卻依然孤獨。新鄰本來是大家爭相攀話的對象，但左鄰右里的女人都不大搭理她，而她，也不大搭理人。

比如說，洗衣這種家務，每家的媽媽都拿到樓廊後的自來水間，邊聊邊洗，除了免去搬水倒水的麻煩，還可以交換一下東市西街的菜價行情，或者說說昨天麻將桌上的贏輸，或者笑話一下誰家的男人生花柳病。

但媽的洗浣，卻依然在屋裏用木盆、搓板，孤零零一個，挑水、

李鄭屋邨 F 座（1966 年）

注水、倒水，費煞周章。

她自己的衣褲，從來不和我們的共洗。所以她在公用澡房沐浴後，就順步來到自來水間，和各家大媽一樣，就地搓刷。別人笑笑鬧鬧，媽就是不吭一句。

當年的媽，儘管老早捨去了旗袍、高跟鞋，一身只有斜襟唐衫、寬桶褲，但依然漂亮得與眾不同。別人看見她家裏長年沒有個掌持大局的男人，卻帶着幾個毛孩，怎能不生奇怪？更要命的是爸偶然週末夜回，穿起筆挺洋裝，還結了領帶，晚來早去，行色匆匆。

我們一家的出現，讓幾乎整條樓廊的女人都神經繃緊，盯死自己的男人。在六十年代初，大眾記憶還鮮活地留住了鳳凰女（西宮）一指頭捺倒余麗珍（正宮）的經典粵戲場面，我們家就是每個女人所畏忌的「西宮」。人情向背，做西宮的永遠吃虧。一直到六弟有了他自己的孩子黨，時在七十年代初，有一天他回來問：「怎麼別家的孩子說我們的媽是做小的？」

沒有一家會熱情和媽説句話，就除了潘師奶，半百的人，無兒無女，不打閒話，似乎見識過世態人情，一條心只放在每天給潘先生做一頓好吃的飯。只有她才肯和我們家在油豉葱鹽上互通有無。

媽和我們無所不談，就只有這樁事，她從來沒説過甚麼。她敏感的女人心有過甚麼觸緒，從來沒在面上露過痕跡，恍無其事，平淡若素，以致我們幾個孩娃對此幾乎全無識覺，只以為自己是在最平常的人間苦樂中長大。

真虧了媽！

在F座住上了十五年。孩子黨是親熱得不得了，但媽依然是一眾女人眼下的陌路人。歲來月往，媽消瘦了，個子變矮小了，匆匆衰老了。

我偶然會想：爸是識覺到的麼？他的女人為了他，年年歲歲，頂住這許多冷眼，無聲息又無情理的審判，對她公道麼？

恐怕爸也無識無覺，就如同媽的一眾兒女一樣。只要媽一張臉無聲無色，她的至親也就如世上本無事一樣，平心順意地度日。

* * *

我們的嫲嫲，也是個沒男人為她撐大局的女人。我們的爺是跑遠洋船的二副，客死巴西，連屍骨也不知丟在哪個埠頭哪個海。當年他下船回家休假，一年才一兩趟，每次個把星期，嫲嫲為他生了十幾個小娃，有五六個長不大，幾個送了人，身邊留了四個。

爸是這樣以為的嗎——沒有男人在家的女人，本來就是人生之常，又算得甚麼？

2

媽絕少哼調唱曲。六十年代，我只聽過她唱了半截《三年》：

「左三年，右三年，這一生見面有幾天？」

當年，收音機幾乎壟斷了大眾娛樂，電台頻推新點，除了點唱傳情，「請某某留意歌詞」之外，就是跑進工廠，請廠妹廠哥「初試啼聲」。兩個男女主持，駕臨工廠，現場實地的辦歌唱比賽，廠妹廠哥挨個上台，大家輕言俏話一番之後，一展初啼，最後由評判選出個總冠軍。整個節目隔週在晚上九點的黃金時段播出。

「初試啼聲」有一回跑進了嘉頓。飯後，我們一家夜話之際，鄰家隔着氣窗竟飄來了初啼男主持一把興奮得不得了的高尖嗓，歡天喜地，請一個個廠哥廠妹上台。媽輕描淡寫地補白：「啊，這是偉哥，……這是桂姐……。」

我問她：「你怎麼不去初啼？」

「有甚麼好去的。」

她是稀有的又怯又癢？

這晚上，一家人全神貫注遙聽另一個時空的興高采烈。

後來，輪到桂姐出場，唱的就是《三年》：

想不到才相見，別離又在明天，
這一回你去了幾時來，難道又三年？
左三年，又三年，這一生見面有幾天？

桂姐似乎拿下了全場總冠軍。

節目一個小時，曲終人散，鄰家也關機就寢了。此時，媽忽的唱起來：

「左三年，右三年，這一生見面有幾天？」

她竟有纖柔柔的嗓音，上旋下滑，令人心頭一緊。

然後她丟了一句：「當年，我想過去台灣。」

我忘了自己怎樣反應，只知道她談的是台灣那個不曾來接她的表哥。媽當初南來，是表哥的主意嗎？表哥先往台灣升學，說過待到一切安頓，就來香港接她過去，豈料一去不回。

媽曾把這樁糾葛左一塊右一塊的說過兩三次。到了我稍懂人事，她卻不再提起，只會在生氣時才狠拋一句：

「我去台灣！」

然後戛然而止，沒再往下說。

台灣，我只以為是一場青春錯走，過眼的夢。放下了卻留住惆悵？於她而言，這個在荔灣共踏過單車，同壓馬路[1]的表哥，是怎樣的位置？去台灣，她認真想過嗎？還是僅僅於發個牢騷，舒舒氣？

左三年，右三年，這一生見面有幾天？

真曾有過如此的遺憾？

香港，恐怕不是媽當初選擇的歸根之所吧。而爸，是歧路上的一個偶然。我們幾個小娃，她曾為此驚喜？

表哥在台灣的大學教書，結婚生子。他身畔的如果換了是媽，媽的生涯真如變天換日一樣。兩個人都會比此刻更快樂嗎？

各在天一涯。信，倒是三年兩頭翻山過峽而來，斷斷續續，直到八十年代末，他的老婆來了一信，原來是向媽告訃。

1 也作「軋馬路」。五、六十年代在大陸，熱戀中的青年男女往往相約黃昏到馬路上去蹓躂，不斷來回走，被戲稱像是要把馬路壓實。泛指與普通朋友在馬路上漫無目的地走。

1

（三）隨緣是佛

媽一向聽天隨緣，自說信佛。世事行雲蒼狗，除了信靠佛，還信靠甚麼呢？

但她沒看過佛經，連「色即是空」也不明所以，更遑論甚麼般若、涅槃。逢初一、十五，我們家例必上香，拜門前的天官、土地，而天官、土地並不是佛。媽每年例必向黃大仙進香，而黃大仙祠也不是佛祠。

我讀了一點道教史以後，才知道這統統是道教。

我曾經給媽指出過佛道不同，她只應我一句：「我拜神的，佛道都是神。」

拜神的心靈世界最奇妙不過，物物俱可通神。幼時媽不讓我們手

萬事勝意

指日月。偶然清早新雨，半天掛了一彎彩虹，非常朗麗，媽叫我們出屋看彩虹，但萬萬不能指點比劃。長大後，讀了點《詩經》，才知道有「蝃蝀在東，莫之敢指」這麼一句警誡。那個三千年前的時代，中國人還不知道有佛。

我們都看過這樣的場面：強颱來襲，風凌雨亂的夜裏，一家已寢，猛然幾響轟雷，把媽驚醒。她會獨坐暗裏，合什呢喃。風雨有神，媽是祈祂保祐灣仔那邊還住在顫巍巍的木樓裏的爸，護他一家安好？

媽拜神是與眾不同。她只在乎現世，不興往生淨土這套，更從不提天堂地獄。走好路、過好活，在她是於願已足。年年月月的祈福，不外乎老爸生意順景，兒女快高長大，一家出入平安。

在媽的心目中，神的序次是：上天為大，祖先僅次於天。就以新年為例，雞魚拜神，外加齋菜，在門口朝天三跪九叩是拜天，再朝天一跪三叩是拜祖先，饗品轉放於門側，鞠身三揖是合拜土地、灶君。徙置樓沒有灶房，權宜之計，媽把灶君寄於土地。連灶君也拜過了，拜神已過了半個時辰，就輪到我們幾個小星君撕雞剝果、大快朵頤的時候。

拜神是嚴肅的事情，不得穢言惡語，不得動刀剪帚盂，不得躺臥拉便，等等。話聲要小，連媽自己也放柔了聲氣，面色如臨大敵，口中唸唸有詞。

人世的依傍，沒有一件可靠，只有神才是一生之所繫，豈能掉以輕心？奉神的雞例必是公雞，還要連雞紅一起上，一塊雞紅圓團團，紅紅利利，夾在雞脖子根之上。魚例必是土鯪，頭尾完好，不切不剝不去鱗，完全按照《老子河上公注》的遺教。而最講究的恐怕是年糕，一家的步步高陞，快高長大，都繫乎一缽完美的年糕。

媽做年糕，都在年廿八夜。為免孩子亂說髒話，壞了兆頭，每年都待到一家睡穩，更深人靜，媽才爬下床，亮起五火燈，躡手躡腳去煮糖搓粉，開爐升火做年糕。做糕並不煩，用大鍋蒸熟就行，最煩是看火添水。火候要不文不武，讓糕質細膩綿滑。我家的蒸鍋太小，半鍋子水一下子蒸乾，非得看準鐘點添水不可。到我們一覺醒來，媽還睜着兩泡惺忪的倦眼，而兩大缽年糕，已香噴噴放在眼前。最後來個畫龍點睛，在糕心安上一枚紅棗，還得喃喃説幾句吉祥話。

媽拜她的「佛」，可謂虔敬過人。六十年代，逢初一、十五都上香的人家已愈來愈少，而我家卻始終如一。摩登禮數，一切從簡，家家都拱手、彎一下腰，三抓兩撥算了，我們的媽卻依舊來個三跪九叩的全足本。滿天神佛，豈不被她煩得半死？

我家的霉運也因此接二連三。倒運之一，是爸打工打不穩，三年兩頭，總來一次「被下崗」，短者一兩月，長者三四月。單靠媽在嘉頓的糧，七八十塊，哪裏養得起一家五口？

其次是病。寶娃的病，讓媽送走了一個女兒。後來，五弟同樣發麻疹，連月不起。我和富弟已來到十一二歲，餵奶餵藥，兩個撐住了一點局面。但性命攸關的大事，媽上嘉頓的班還是要做半月、歇半月，大家得束緊肚皮，東奔西跑去尋醫覓藥。幸好來到六十年代，媽開通了，徙置樓有公家診所，醫生護士們個個衣鮮臉淨，發放到窮人窩裏，似乎都額外多了幾分濟世慈懷。醫院也文明開揚起來，連討紅包也幾成絕響。公家醫療，成為了媽信靠的萬全之着 。五弟就是這樣頻頻進出廣華醫院。媽連救護車也不會叫，夜深高燒，就連跑帶哭，趕路趕車的上醫院。在眼淚漣漣的憂衷之下，這個老五居然活下來，一副小排骨，能走能笑。

六三、六四年，一家捱着貧病夾逼，又到了除夕。五弟留在醫院，大家心下卻是罕有的平靜，知道再壞也不過如此。我向媽說：「讓我來畫個如來佛，保祐來年。」

媽說：「好！」

你們還記得窗邊粉牆上一個巴掌大的線筆如來像嗎？佛頭高高一個單螺髻，下有八瓣蓮花座。佛面太小，不畫眼鼻，兩耳長垂，雙掌合什。

伶仃一個佛像，四下一片粉白，如苦海裏一葉扁帆。

這個小像，媽很喜歡，不讓你們碰，自己還悄悄地每天行晨昏定省的敬禮。直到五年後，徙置署給家家裝修刷牆，才給刷蓋掉。當年媽問我如何是好，我給媽說：「佛祖還在，何須擔心？」

佛祖現世的一九六四年，我考上了聖保羅，五弟的病，過了年就好了，自此家裏再沒有誰大病過。而爸，居然也事事順景，從此告別了閒養無聊，反而忙個氣喘如牛，十年後還開了一家小藥店，自己當了老闆。

脫貧脫病，是從佛祖現世那年開始的。

2

佛祖現世，一切都好起來，也平淡了。

我們輕易就走過暴動，穿過了海底隧道，走進年復年的「香港節」，看着家家的收音機日漸消聲，換來了電視屏上夜夜笙歌——《歡樂今

偷渡之後——遣返（1969 年）
1968-1969 年，文革如火如荼，
從北入港的偷渡潮攀上了高峰。
(Getty Images 圖片)

香港節（1969 年）
六七動盪之後，政府在 1969 年興辦了「香港節」，營造
繁華氣象，推動本土身份認同。
(政府新聞處圖片)

宵》！

我們無聲無息地長大，連媽也老了。媽做客家豆腐的興頭也少了，又竟愛上了港式「錦滷餛飩」。

3

換房子換出巨債，沒想到十年後居然能清償。

巨債是我的一道童年陰影。播音小說裏常有惡債主踢門打鬧的場面，我當初擔心難逃一劫，但年飛月去，債主不來，自己反而愧疚。我的微小志氣，就是趕快掙錢還債，而竟然不艱不難的如願以償。

先說我平生的第一份廠工——和媽同在一家工廠上班。

會考完畢的暑假，媽早已離開嘉頓，在一家手電廠當鍍鋅工。我也來到媽的廠裏當學徒。工廠的地層是浸鍍場，有兩個臥得下兩個人的鎔鋅池，我的工作就是在滑動機上掛上一支支電筒身，再放到鎔鋅池裏浸鍍。直至筒身個個銀閃閃、新簇簇，就移到冷水槽裏冷卻。工作很單調，而媽做的是質檢，看看浸鍍做得透不透，壞件就撿出再鍍。

這是我第一次看見工廠裏的媽。

媽原來沒有朋友。工友對媽總是客客氣氣，早晨一句招呼，就再接不上話了。女工之間的熱話，比如昨晚的家常飯菜，或者電影七公主的花邊，或者當年哄動的姚蘇蓉《今天不回家》，媽從不插話。男工的貧嘴薄舌，甚麼頭耷耷，沖天炮，幾個老女工咦呀嗨呀，大驚小怪，媽是充耳不聞。她的一副心神似乎全放在手上一件件的手電筒，閃亮的放一簍，鏽蝕的放一簍，要麼就是看我上機、拉機的手勢。

香港二十年，媽依然格格不入。

媽從來不把我視為工友，她是我的媽，全天候保護這個工廠新丁的寶貝兒子。下班我們不會閒搭幾句，也不會為從工廠出來重見天日而舒一口氣。她只會吩咐一句：「你先回，我去買菜。」

我在工廠當了個把月的鍍鋅工，會考放榜，有了中學畢業的資格，立刻找到一份夜校教席。

我告訴媽說，我一個月掙二百多塊，半年內，還債有望了。

不及半年，我們倆就興高采烈踏上了還債之旅。

我陪同媽去還債只有兩次，一次來到尖沙咀甚麼街，舉頭一看，金碧輝煌的一列高端洋裝店、西餐廳，挨邊有招待所，馬殺豬，一路人潮湧湧，前推後攘，舊時的摩囉店、抽紗行都沒了蹤影。我們兩個來到要找的門牌前，立定良久，呆若木雞，左顧右望，只知道樓非昔日，完全不像是住人家的樓宅，人恐怕已他去了。心裏空落落的，無功而還。

另一次是到中環的公主行。

當天老早就出門，兩個人也不曾想過，人家來了開舖沒有？

我們都有了默契：不怕等。又似乎為十年後竟能依然母子搭檔，重遊舊跡，有莫名的舒心。

我們乘綠綠白白的天星小輪，過了海。七點多的中環，悄無人跡，頂頭是青天白雲。當天是週日嗎？

我該是想過，還錢於我和媽，為甚麼是如斯重大呢？十年後的二三百塊，比起十年前已變得如斯微薄，似乎這筆債是難以償得清的了。我們拿二三百塊去還他，對方怎麼看呢？也許我們的潛意識裏，只想來一場有借必還的造作，作個象徵性的解縛？

但又似乎不止於此。我們還想見個面，說聲謝，向這幾個我們注定了一生虧負的老大好人說：「我們不會把您忘記。」然後才肯讓他們在各自的人生汪洋裏消沒？

記得公主行的地層，黑麻麻中竟有一家亮了燈的店，有個圓圓胖胖的老先生正打開門。我認出他來！

「何先生，是我，慧兒。」媽說。

我沒記得大家說了甚麼。何先生說的似乎是：「小事何必記掛？」又似乎是：「呵，孩子都長大了。」

我只記得心裏是無比的歡暢，還記得老人家蒼白的皺笑，還有媽的喜顏。這位何老先生，讓我見識了此生難遇的寬平仁厚，不會響鑼打鼓，張大聲勢，始終是溫溫煦煦，一片酥雨和風。

媽的喜顏更令人難忘：若有所感的攏起眉頭，似乎因為別人還記念自己而吃了一記意外之喜，眼裏有幾點亮采，不自覺抿起了嘴，原來是個乾瘦的笑。

七、搬家三部曲

李鄭屋邨夜色 （1970 年代）
下方最左是 F 座，稍右的 H 形 是 H 座（政府診所在地層），最右是 N 座。
（政府新聞處圖片）

李鄭屋徙置區在八十年代重建，我們在重建前就搬走了。

七十年代，政府訂下了「十五年公房重建計劃」。但在此之前，住房政策已經起了變化。

先是媽聽說，徙置樓裏的空置房舍，能讓現住的樓戶申請，一戶能有兩屋。

我們一家六口住一百二十平方呎，十年間，孩子變了大人，是怎麼也住不下的。媽就往房辦處（從前的徙置署改稱房屋辦事處）申請「一戶兩屋」。

比如說，我們這個樓層近中間廊口的曾家遷走了，據說是買了大洋房。他們原來的這屋就給後樓一家姓江的經申請「一戶兩屋」拿到手。所以江家有兩屋，一家人要吃飯就到後樓的老巢，飯後就半屋子的人上前樓來睡覺。

媽知道了很是羨慕，自己走到房辦處查看空置屋舍紀錄冊，又親自上門實地查勘，然後填交申請表，統統一手包辦。

兩年下來，申請了四五次，統統落空。到了七六年初，重建看似遙遙無期，房辦處的人告訴媽，另有「初步安置房屋計劃」，撥備新建屋邨的大面積單位，讓我們這類屋小人多的舊村戶申請，剛好有個新邨叫「麗瑤」，就在葵涌不遠，問媽要不要。

媽沒聽過麗瑤。印象裏的葵涌，只是山荒嶺野。她想我陪去看看。兩個人就乘着週末去勘察了一趟。

我們哪裏料到，一座平民邨居然建在碧天綠林之間，聳峙高坡之上，廓落寥朗，遠看竟有半山豪門的架勢！

我們沒能實地實樓的勘察，因為上山的路還沒開通，只有一彎還未鋪整的沙坭路，只容搬建材的車經過。我們在下坡的荔景邨挨着路欄，挺着脖子眺望：一壁崖岩，紺黃陡峭，頂頭堂堂然立着三幢白皚皚的高樓，沒遮沒掩，孤傲得幾乎高不可攀。

我想像着，要是身飛樓上再西眺的話，一定能望見綠盈盈的藍巴勒海峽，說不定還能看見一大片無際無垠的南中國海。

我和媽兩個傻巴巴的左看西望，前瞻後顧，都看呆了，說不出話。

媽回來向大家說：「那邊是半山區，風涼水冷。」

大家不必再投票，心裏都已說好。

申請沒半年就批了，分配的單位還是高層戶：樂瑤樓 2213。

* * *

媽沒有向人說過搬家，更無道別，就除了潘師奶公婆倆。別人也不會來給我們賀喬遷之喜。倒是孩子們辦了個別開生面的「告別式」。

五弟、六弟還在唸小學。兩個是這幢樓的足球小將，就是因為他倆，四鄰八舍無不知道我們要搬家了，但大家都沒說話。

可「告別式」竟是盛況空前。原來兩個小弟的球隊要跟對面樓的球友來個告別賽。賽場就選在兩幢樓中間的一方空地。

兩個小弟這一方，還有隔壁的黑仔、華豬、奀豬、糯米雞，自號

「小錦龍」。大家做了個「錦龍冊」，記錄了各人生平、位置專長，五弟是「龍門閘」，六弟是「執死雞」。又記下了歷年的比賽勝負、對方人馬、入球功臣，等等。

這場歷史性的球賽，竟也哄動一時，各樓的小娃們都來躬逢其盛，場邊圍了三、四十人。全場噓聲夾摻歡呼，此起彼落。

五弟、六弟，你們可還記得？媽和我是樓上十數個觀眾之一。

媽不看球賽，對她來說，球賽只是汗臭搭上衣穿褲破，她是永遠的負方。但這場告別賽，她還是在樓廊上呆看了一陣，抱住一木盆的髒衣臭襪，不言不語。臨到快完場了，她才匆匆別開臉，忙她的洗晾去了。

我聽住了完場乍起的一片稀薄的呼噓與掌聲，幾個小娃來個男子漢式樣的握手，然後尷尷尬尬的輕輕擁抱。

小錦龍隊經此一役，煙消雲散。

世事波上舟。據六弟說，黑仔後來混了黑道，已「坐了館」；華豬犯了強姦；糯米雞「人間蒸發」，沒了影蹤；孒豬進了恒生銀行。

各自風塵各有天。

五個小娃，如今想已人疲馬累，來到了哀樂中年。可想念過大家都曾有過對方，還有無牽無掛的童真與歡喜？

* * *

搬家很順利。

來到 2213 的門前，摸出新匙，能觸感到匙牙的廉利刺人。前門一開，迎在眼前是露台外一片碧天白雲，雲下分明是晴陽鋪染的一抹金波。之前我們也曾來過一兩次，但沒遇上如此的風和日麗。

媽對新居非常的滿意。

二十年來，她頭一遭有了自己的廚房，灶台之大，能放上三個爐頭。也是頭一遭有只她一家專用的沐廁，配備了抽水馬桶。最了不起的，居然還有煤氣燒水爐。燒水沐浴，再無需柴火，洗碗抹碟，立刻就來滾燙的熱水一沖，馬上爽利。煤氣這種東西，在我們幾個鄉巴佬的意識裏，是富貴人家才有的闊氣。

媽忙得喜孜孜，頭一件大事就是上香拜神，張羅雞魚齋菜，天官地主，輪番拜禮，元寶香燭，燒得人直嗆眼淚。

2213 的第一夜是怎樣結束的呢？

晚上七點半，大家興盎盎的圍住飯桌上的雞魚，喊着：

「媽！還不來嗎？《狂潮》[1]都來了，程家都開飯了！」

媽抿着難見的笑，稱心滿意的坐到電視機前。

* * *

安得廣廈千萬間！

這種為政以仁、氣象萬千的大理想，在中國悠悠三千年的歷史裏，似乎只曾在我們這片南陬蕞爾的殖民地上實現過。一九七二年，香港的總人口共4,123,600人，住於徙置區的人口共1,183,677人。短短十五年的建設，憑着深思務實，拯百萬人於水火，讓貧賤者安住廣廈，這種功業，以後幾曾再有？[2]

媽和我，都是這樣走過來的人：我們挑過井水，點過火水燈，在不分日夜都暗無天日的斗方裏吃飯拉屎，年復年的隨時會望見幾排屋脊後冒出紅火映天，驚心動魄；年復年的捱過暑夏的雨潦，眼瞪瞪看着水浸及膝，再過膝而上床，一籌莫展。

我見過媽臉上掩蓋不住的惶恐，記得她半夜把我推醒。

「水浸上床了，人人都走了，我們也走。」

我們摸黑出村，鞋也不穿，頂住蠻風蠻雨，傘也不打。

有一個叫葉錫恩的市政局議員，她說：「住進了徙置區的人以為自己住了豪宅。」

的確，我們這樣走過來的人，能有永無水災火劫的安窩，你叫它徙置區，我叫它豪宅。你們懂甚麼！

能認真去深思細籌，整土移山，豎棟安樑，堅行不懈，十年又再十年，讓整整一百萬人——四分一的香港人——有安窩可以棲寄；還能務實進取，打造一個又一個更好的安窩，從H型到T長型到雙塔式，這番功業，我們的香港史上，甚至在中國的近現當代史上，幾曾有過？又幾曾再有？

我上大學的那一年，剛好遇上尼克森訪華，大家都趕時髦去認中關社，好不興高采烈。我也隨波逐流，辦個甚麼學報，示個甚麼威，十足的矮子看戲，隨人漫說短長。當年大家都要把殖民地政府臭罵一通，才算入了流。徙置區是眾矢之的，是罪惡淵藪，是狗窩（徙置區人均居住面積僅有二十四平方呎，今天的公屋人均居住面積在一百平方呎以上）。但我這個矮人看戲，甚麼都可以罵，但在「狗窩」問題上，是怎麼也說不下去的。

你們老幾？你住過狗窩嗎？你住過比狗窩更不堪的窩嗎？

我，都住過！

我滿懷感激。徙置區讓我們這些連有飯吃、沒飯吃都算不準的人，居然能有一個有電燈、自來水，不愁風吹雨打、火燒水淹，能安穩睡個好覺的家！

如果沒有這個窩，如今我們會流落到怎樣的境地？

隨徙置區而來的是官立小學、徙置樓地層的政府診所。我們的貧窮像劃下了一道底線，從此力爭上游。

一九七二年，初上大學，我活得像精神分裂一樣，日裏罵殖民地的白皮豬，晚上回窩，看着媽閒閒淡淡燒飯做菜，聽她絮絮咕咕，八姑婆家買了甚麼的士牌，或者鄉下來了個甚麼表妹，感到在殖民地夕陽下的閒活是如此適意寬心，又滿懷感激，真如生逢盛世。

撫今追昔，豈能無感？

1《狂潮》，香港電視長篇劇，一九七六年末啟播，講的是程、邵兩家恩怨，曾經哄動一時。

2 關於香港當年徙置政策的研究，可參 Chan Hung Kwan, "The Provision of Public Housing in Hong Kong", M.A. Thesis, University of Sydney, 1970; Christine A. Fegal Will, "House for the Million: The Resettlement Program of The Hong Kong Government", M.A. thesis, University of Queensland, 1975. Will 文包括了香港和新加坡的公房政策比較，抑港揚新，是當日的主流觀點。但 Will 文亦承認，香港面對的移民與政治問題，絕非新加坡可比。參氏著頁 234-241。

八、明月掛天邊

每當變幻時

《每當變幻時》

填詞：盧國沾　主唱：薰妮

懷緬過去常陶醉
一半樂事，一半令人流淚
夢如人生，快樂永記取
悲苦深刻藏骨髓

韶華去，四季暗中追隨
逝去了的都已逝去，啊——啊
常見明月掛天邊
每當變幻時，便知時光去

懷緬過去常陶醉
想到舊事，歡笑面上流淚

夢如人生，試問誰能料
石頭他朝成翡翠

如情侶，你我有心追隨
遇到半點風雨便思退，啊——啊
常見紅日照東方
每當變夕陽，便知時光去

七七年我們搬家前後，薰妮紅透半天。連媽也愛上薰妮，而且獨鍾於她的兩首：《故鄉的雨》和《每當變幻時》。

媽從來不聽粵曲、流行曲。八姑婆晚年愛看粵劇，石硤尾南昌戲院的十一點早場，例必是粵曲電影，甚麼《貍貓換太子》，《風火送慈雲》，《一入侯門深似海》，等等。姑婆邀媽同去，於是乎一個大姑拉一個婆子，半拖半拐，走上半小時的路去看戲。媽就是這樣看了五六齣。但媽向來不聽粵曲，甚麼工尺合士上，她一概不懂。

七十年代的許冠傑、關正傑，當紅一時，媽從來聽不入耳。電視熒幕閃現出那些長毛男，曲鬈如雲，領口不扣，露出一道肉坑，拿起個木結他，錚錚鏦鏦，若哼若哦，這種不唐不洋的時勢新樣，為那些不屑於唧唧啊啊的時代曲、又裝不成鬼腔鬼調的土男女，打造出另類時髦的後現代，個個走上舞台去搖頭扭腰，自覺風頭無兩。媽是老舊的人，許先生對她毫無魅力。

倒是薰妮，媽會定睛留神去聽她。

「我喜歡薰妮，歌很好。」

七七年的暑夏，滿街都唱起她的《每當變幻時》，正巧我們搬家甫定，半喜半悲，百味雜陳。

薰妮的嗓音，不弄花腔，不裝格調，是唱慣於燈紅酒綠的老蒼味，讓人一聽就聽出來，是曾經落泊的天涯歌女。

樓裏總有某家的電視機嘹亮過人，聲響特別有勁。如果飄來了一句「每當變幻時」，媽會呆一下神，無論手上是燒菜還是洗衫，只看她一副若有所思的眼神，就知道她已心馳雲外。

我們都見過這番情景：收音機送來了薰妮，媽蹲靠着大木盆，在洗衣板上搓刷，竟不自覺地微微搖晃着頭腦，哼上幾句。我們都不敢說話，唯恐驚擾了她的沉湎。

媽哼歌是難見的場面。

玉妹把自己的卡式機送給媽。五弟給她買了一盒薰妮的卡式帶，帶上有她最喜歡的《每當變幻時》和《故鄉的雨》。家裏從此不時響起：

「懷緬過去，常陶醉，

一半樂事，一半流淚。」

* * *

媽緬想的，是怎樣的變幻呢？如果說懷緬過去，她眼下這個大木洗衣盆，就是我和她共有的過去。從我有識以來，搬過幾次家，總帶着它的一身笨重，不離不棄。在家家都換了紅紅綠綠、輕巧便攜的塑膠盆的時日，它，在我家是唯我獨尊，家中一老，如有一寶。媽緬想起來了嗎？

木盆口差不多有兩尺，底板是圓輪杉木，足半寸厚。盆邊由十多塊長條細板嵌拼，外沿圍了兩圈鐵皮箍。它是洗衣盆，又是沐浴盆，嚴冬不沐浴的時節，就是一家放腳的沐足盆。

我們幾個小娃，力氣還不足以提個水桶到公共澡房沐浴的時候，都是坐在木盆裏洗沐，我坐裏頭，媽給我沖刷。後來是弟妹坐裏頭，我給他們沖刷，曾經過了多少個年頭？

到後來，我們長出了力氣，兩隻藤杆粗的小胳臂，提個鐵皮小桶，注滿熱騰騰的水，拿到樓廊口的公共澡房裏洗沐，洗得通身有洋皂的香噴噴，笑盈盈的回來，差不多又是晚飯時候了。

但老木盆依舊是我家的寶，還有洗濯之用。放上一塊搓衣板，在波浪紋路上鋪開衣褲，用黃土皂塗抹幾下，再用豬鬃刷使勁的刷，尤其是上學的白襯衫，領口要刷得白亮，不見半點污黑才好。

好快啊，大木盆裏的小人衣統統變了上班服。

媽緬想的過去，是這樣的變幻麼？

＊　＊　＊

她想過的樂，想過的眼淚，又是甚麼呢？

是爸嗎？是她當年的一場出走？

還是這些年來的每個週末，爸乘夜回來，又去了？明月還掛在天邊的昧旦，四下寂寂，媽亮起一盞五火燈，拿一盆溫水給爸刷面，然後兩個人挨坐床沿，默默啜喝各自的一杯咖啡。然後呢，爸連領帶也結好了，要出門上路了，媽就陪他走過三曲五轉的樓廊，走下東一層向左、西一層向右的層層樓階，走在昏昏黃黃的街燈之下，來到了二號巴士站，整條長街，沒一個人影。然後車來了，爸上了車，也沒有揮手。媽就一個人走上層階，走過樓廊，回來拴上了門。天還未亮。

她想着才剛過去的週末這些瑣細嗎？

＊　＊　＊

她和爸的相隨，是怎麼樣的相隨呢？

媽出走，爸又找上了我們。爸從來沒有思退？而媽呢？她是怎麼樣想方設法讓爸找上？

她看在眼裏的變幻又是甚麼呢？是爸清朗閃亮的眼神，隨着眼皮的耷垂而變得黯沉？是爸西裝下的俊挺，變成了衣大不稱的瘦小傴僂？是她尖挺的小鼻樑變得更尖小，瓜子臉變得更尖削，眼神更銳細？手背更瘦骨嶙峋，一張鬆垮垮的薄皮，顯出更深細的血脈？

我取笑媽說：「石頭哪裏會變翡翠，這分明是亂說一通。」

媽沒有答腔。她不會奢望，有朝一日，一塊捱風抵雨的石頭會變成藍田日暖的翠玉。

我甚至以為，這幾句似通不通，湊着韻生拉硬擠的歌辭，對她而言，只如一攤淩亂的舊照片，一字一幀照像，一語一個鏡頭，七拼八湊，了無次序，讓一個天遙地遠的微笑拼接一串深夜的眼淚，卻令人莫名其妙的心碎。

* * *

她感觸的變幻，是甚麼呢？

七十年代的後末，一切都好起來了，再沒有捱窮到東睺西借的地步，爸從小企櫃，變成了小老闆；她的兒子從淌兩行鼻涕、滿頭瘡痂的日子走過來，唸完了大學，還雄心壯志準備出洋。嘉頓趕班趕點的回憶都已褪色到模糊依稀。已有好幾年，媽從工廠線退下，是十足的師奶主婦。

而且看勢頭，日子還是要向好的方向走的。

那麼，所感觸的變幻又是甚麼呢？是人生實難，去日苦多？

恐怕不是。

「一半樂事，一半眼淚」的過去——這並不全對。更多的過去是苦樂難分的渾然一片。

媽會記得在除夕夜我們用難得的五毛錢買了劍蘭？

媽會記得我看着她抱走寶娃的漠然眼神，又記得我看着她空手而回，給她迎上一副酸心的微笑？

媽會記得我們在黃大仙的第一個晚上，無床無被，枕着幾件厚冬衣安然入夢？

媽會記得我們倆七手八腳，在花布上畫樣裁衣，我的第一次，竟也是她的第一次，做出平生第一條鬆蓬蓬、短切切的開襠褲，穿上去，兩個都笑不攏嘴？

媽會記得，她從嘉頓回來，拿着平生第一份廠糧，和我這個小丁嘩啦啦商量着家用，租錢啦、米炭油鹽糖啦，七除八扣，兩個笨頭笨腦算不出要領，然後呢，兩個高高興興上市場買五花腩去了？

媽會記得我出其不意向她說：我昨夜夢見現在的你，千真萬確。她給嚇呆了？

逝去的都逝去了。當年舉步艱難之際，竟又打造出如此刻骨銘心的回憶，甘苦難分，卻讓人千珍萬重。

沒想到七七年的搬家，原來還是一場告別，向媽的青春裏的急風苦雨、向我早熟的童稚、向我倆共赴過的患難，都揮一揮衣袖。大家都有個朦朧的識覺：逝去的，真的逝去了。

我感謝媽，她讓我的前半生活得如此豐盈！

也感謝薰妮，她的歌攥住了我們曾經活出來的一齣美麗又愴然的風景。

九、世事波上舟：樂瑤樓

樂瑤樓（2019 年）

1

2213 的日子，算是媽一生裏過得最好的。無聲無息，媽也蛻變了。

五十歲的她，變得異常瘦小。身腰單薄，只像個十六七歲的女娃，還沒發育好。瓜子臉更尖削了，鼻頰兩旁的紋路更深刻。愚魯的我曾拿起她的手背問她：

「怎麼你的手皮鬆垮垮？」

這完全不是我記憶裏的那一雙圓潤有力的手。

媽笑起來。「我老了。」

我們家裏第一次添置了一架雙門冰箱，還有彩電、洗衣機。爸前兩年向銀行借資創業，開了一爿小藥房，做了小老闆。而我，大學畢業，開始了教書生涯。

但媽當初還是問：這個「半山區」，我們負擔得起？

從徙置樓 468 的一百幾十塊租金，到當年「半山區」的三百多塊，翻倍暴跳，媽的確吃了一驚。

但我們只揚眉抿嘴一笑，不搭理她。

她似乎是人生裏頭一遭覺得自己的家在每一方面都比得上隔壁的家，甚至比得上一邨三千戶的家。不比別家好，也不比別家壞，我們的家終於「平常」起來了，讓她有莫大的寬慰。

她會和一眾師奶一樣，看着電視熒幕上的方太主持《午間小敘》，學煮小菜。

她會早上看報，八開大頁的報紙大刺刺攤在膝胯上，有時看得忘形，用一根指頭猛的一敲，連哼兩聲，似乎對時局大有感觸。

她會和我們圍坐着一桌的飯菜，追看電視劇《狂潮》、《上海灘》。來到了狄波拉舉槍指向邵華山的關頭，兩眼瞇緊，盯着那兩個情海冤頭，頭也不擰，向我們一揮手：

「別説話，我要聽！」

她依然逢週末為了爸的大駕光臨而費煞周章，老遠跑到北河街市買魚雞。所不同的是，她買菜完了會打個電話回來。

「喂，我想去飲茶，你們都來吧。」

大家只好應召，浩浩蕩蕩來到青山道的茶樓湊她的趣，吃她愛吃的潮州粉果（有客家風味）和錦鹵雲吞。

她養了一缸金魚，親自買糧換水，甚麼獅頭燕尾、紫繡琉影，她統統在行。據她說是保佑爸生意如魚得水，丁財兩旺。

也不知道甚麼時候，她居然和鄰家姓趙的嬤嬤打夥，上街坊會學打毛衣花。每個晚上飯後，門外就有一把嬤嬤的沙啞喉音：

「陳師奶，上堂了。」

媽歡天喜地，提了一袋竹針毛線就出門了。

到了九時左右，門外就響起來兩把唧唧喳喳的女音：「早抖！」

我沒料到，搬家竟然搬進了另一個人生。

媽終於走進了「平常」，這份能淹沒於人海的平常感令她終能舒一口長氣。在新鄰初友的喚聲裏——「陳師奶」——她大概自覺到自己和隔壁的女人再也難分彼此，讓她能從此安藏於人海，享受一齣平常得和千萬個女人一樣的餘生。

2

爸平生裏再度和媽同住一屋，已是六十三歲的老人。

那年，灣仔的舊木樓要拆卸重建，大家姐和寶娃都結婚了，姨姨跟了家姐。爸一人落單，也就只好回來了。

我不知道爸向媽說了甚麼。其實也沒甚麼好說，只要他吩咐一句，媽自然會打點備辦。

事實上，爸回來了，大家把神經末稍稍繃直一些，生活的步調也沒怎麼大改變，就除了媽。爸依舊六點起床，漱洗梳沐，穿戴整齊，準備上班。媽比他起得更早，五點半就燒水沖茶備飯，給他端水遞巾。

老早就有媽躡手躡腳的動靜，其實一家都睡不好。

媽買菜的時間更長了，備飯更費神了。好久沒見過的粉漿浸泡也出台了。（爸的襯衣統統要漿洗。）每晚備飯，例分兩場，一場是我們兒女幾個，另一場是為晚歸的爸專辦。飯菜統統新煮新上，而且和我們吃的不同。爸愛吃魚，要肉質緊實，如紅衫、海鱲。紅衫要七八両，不大不小，黃腳鱲要十両以下，黃鰭白肚。或蒸或煎、豉醃薑爆，花款層出不窮。媽還會跟電視熒幕上瞇成一縫眼的方太偷師。

爸早咳夜喘，已成了習慣。每夜到了一家寢臥，聽他咳痰之聲此起彼落，大家都各懷心事。媽拿個痰盂給他吐了，例必放回廁間，免礙觀瞻。

我不明白媽是怎麼想。爸從來板着臉孔，罕言寡語。如果說爸是一家的經濟棟樑，那早已成了過去式，我和弟妹供養她是寬綽有餘的。爸從來沒有為媽的生日操心過，連說一句生日快樂也不曾，恐怕連媽的生日也記不起來。爸也從來沒有為媽的操勞拋過一個感激的眼神，也不會帶媽出外。他每天享用着媽的供奉，卻依然板着面孔。

媽究竟是想甚麼的呢？

爸曾在她耳邊説過些我們不曾聽過的契心話嗎？爸的愛情是我們眼睛沒能注意到，而只有媽才看得見、摸得着的嗎？難道爸會説一種愛情的語言，只有媽聽得懂，而我們從沒有學過？

爸搬回來四年就過去了。

他在醫院的最後一刻，媽把他的左右手位置留給了我和大家姐。我握住他的手，感受着他艱難的顫攣，無呼無喊，默默然好長的一陣，終於平靜下來了。媽一直站在我的身後。

六弟向我説，爸過去以後，媽對他説：「你哪裏知道夫妻的情義有多深？」

我的確不知道，也不明白。我愛我的媽，因為深愛她，也愛我的爸。

3

爸過去了三四年，我們都陸續搬離了老巢，結婚的結婚，搞自主獨立的也有了自己的蝸居。沒想到媽竟然瘋了起來。

六弟是最後一個搬出。媽給我來了電話說：「老六要搬了。」我不以為意，只說這是常情。難道要他給你陪老陪一世麼？媽也沒說甚麼。

六弟搬出才兩三個月，大家就發現：媽瘋了。

她給大家說：自己在北河街找到一個賣糕餅的小攤，攤主願意用一萬塊錢頂讓，他另有一爿菜店，兩爿店合起來三萬頂讓。才三萬，她能拿得出來，不過想先問問我們好不好。到底錢是爸留下給她的。

我們都聽呆了。她哪裏能自己做糕點？白糖糕、紅豆糕、黃鬆糕，她做個啥呢？她一條六十歲的老身子，應付得兩爿鋪麼？

媽沒説甚麼，只説她想掙點錢。

五個兒女的供奉，錢還不夠麼？我氣在心裏。

我讓媽帶我去北河街看看那爿店，確乎人來人往，好不火旺。有個白鬍茬滿腮的老男人閒坐抽菸。

媽對於自己的營生大業是充滿憧憬的。「你看，位置好，糕點不難做。我瞓不着，五點起床做兩盤糕，七點就趕得及早市。」

這番天方夜譚，我沒應答甚麼。

我當時想着，媽一定是面對着空巢而感到無比寂寞。自我出生以來，媽的身畔總有我們幾個小男小女，讓她洗衣燒飯，晚上聊句閒話。四十年，形不離影。

她不習慣。但這不是人生之常麼？

舉翅不回顧，隨風四散飛！這不也是天地自然之常嗎？

再説：思爾為雛日，高飛背母時！這不就是我們每一代都演出過的《離巢燕》嗎？

人生本來就沒甚麼事情能如意的。

我心裏翻騰着這番狠話，想向媽說。自己年過三十，為着齊家立業正拼得焦頭爛額，豈料媽竟殺來一記冷槍！

兩天過後，我到北河街找上那個鬍茬老頭，叫他別惹我的媽。他才開口，我赫然認出他原來是客家，還是興寧人。

「我哪裏惹過她！她見着我的頂讓街招就來問，我應付她幾句。店都賣了。」

我心裏很不暢快，好想罵他擺弄我的媽。

週末回家，媽一臉不高興。

「你怎麼跑到北河街跟人理論？你怎麼壞了我的事？」

我忘了當天如何煞科。我可能是疲弱乏力地說了些一切為她着想的空話，也可能沒答理她。媽從來不會記恨於我，她消了氣，自會雨過天青。

的確，這樁小事過去了，但媽的瘋，像夏雨秋風，留一點餘味才肯真正的罷休。

4

她想開個菜攤開不成，才個把月，忽而一天向我說：「我想去澳門。」

媽平生第一次外遊，就是去了澳門。

難得她動了興致，我逗她去想得更遼遠。她不久前確診了肺氣腫，我更想和她來一次，甚或多來幾次的海闊天空。

「怎麼我們不去倫敦？魂斷藍橋，正好就在倫敦。」

媽沒看過《魂斷藍橋》，但她認得女主角慧雲李（Vivien Leigh），幼時經過「新舞台」，她曾指着電影海報給我說慧雲李有多漂亮。

「我只想去澳門。」

澳門無親無故，去澳門幹嗎？

媽又從來不賭，麻將、撲克、十五湖之類，一概不會。住徙置樓的時代，樓下開了一家字花攤，三兩個江湖小漢，皮黃骨瘦，衣褲不整，叼着菸，挨着個齊腰高的木條箱在收注。每天五六點，圍了一大群叔嬸婆爺在等開字花，鬧哄哄指點着報紙上的字花欄，各揣心機，又各抒高見。終於來了人，用粉筆在牆上寫了兩個號碼，一上一下，大家哄然一聲就散了。

「怎麼又是十一、三十二？昨天不是開了三十二嗎？」似乎沒有幾個是中彩的。

媽給我說：「都是騙人的把戲。」

十賭九騙，何必去澳門？

我好想讓媽搭飛機。

「日本也好，京都三月還有櫻花。」

「我只想去澳門。」

於是兩個人週末去了澳門。

媽也奇怪，她平生第一遭坐水翼船，但毫無好奇之色。迎頭駛來一艘回港的水翼船，雙翼齊舉，連黑鬃的船底也飛上了水面，她卻一副見怪不怪的模樣，緊緊盯着前方。

我們在葡京附近一家酒店安頓好，就乘車去看大三巴，準備走走板樟堂街，看看葡式建築，滿以為能讓她一新耳目。

媽走得辛苦，非我始料所及。我攙扶她纖弱的身腰，半拖半蹭，沒走上幾十步，她就要找飲料店安歇一下。對玫瑰堂的葡式建築，牆黃窗綠，她固然沒多看一眼，連香港街頭日漸稀見的夾餅、滷牛雜、香蕉糕，她也瞧不出興味來。

「我們還是去葡京吧。」

我沒想到她一直叨念的是葡京。

走過老葡京翹起五彩長條瓣的蓮花冠大門，裏頭昏昏沉沉，迎面正中放了一張賭桌，站了個黃瘦的、沒精打采的女荷官，招呼着八九個閒家。

媽像拿出了所有力氣，撇下我，快步上前。

「媽，我們不懂，還是玩玩老虎機算了。」

「你別管我！」

媽説得出奇的尖亮，似乎連她自己也嚇了一跳。好幾桌的男人都扭頭盯着這個穿大襟、梳直掛兩邊頭的鄉巴婆。

她挪近桌前，只見五花八門的一個個有數目、有骰點的方格，不知如何是好。

「這是怎麼買的？」

女荷官揚一揚眉。「一百元一注。」

媽掏出一百元押在面前的「小」字上頭。

荷官隨即按動了骰子盅。

我是多麼的巴望媽會贏，看着骰子前翻後滾，天上甚麼神靈菩薩都讓我喊完了。到底是她頭一遭上賭場，看她的來勢，似乎是絕後空前的平生一博。何況區區百塊錢，贏了也不過是一場如煙的歡喜。天若有情，何必吝嗇？

三個骰子合共十八點，媽輸了。幾個男人微微吁了一聲。媽毫無洩氣的臉色，只輕輕轉頭，悠悠地說：「我們走吧。」

沒想到是這麼快刀爽落。出了葡京，還是滿街人潮，一天亮白。我們回到酒店也沒甚麼閒話，匆匆睡了一覺就走了。媽就是這麼令人摸不着頭腦。澳門之旅，平白一場辛苦。

我猜不透媽想的是甚麼。只依稀感到，她像個秋蜻蜓，給甚麼人困在玻璃瓶裏，眼前的世界似可望而難即，徒勞了一番左飛右撲。

我想對了嗎？在自己的男人走了，兒女又忽的消失了的暮景，她能寄望甚麼呢？人生格局還能再有甚麼驚喜？

*　*　*

這是我始終想不明白的一場母子遊。我的媽，我曾明白多少呢？母子一生相守，我以為看得透她的每一根心脈。真的看得透？

寫着的時候——幾近三十年後，我正守坐在姨姨的床邊。老姨睡去了，蓋了兩張冬被，雙頰薰紅，像個胖墩娃娃。

姨姨的晚年，逢週末我都來看她。來到九十耄期之歲，一年裏頭，進進出出醫院好幾次，她似乎已放棄了想活的掙扎，每天都昏頭昏腦的大睡。

我看着她沉垂的眼瞼，眼縫周圍是一暈紅圈。這是個我認識了六十年的女人，時間比我和媽的四十年長多了。但我幾曾看得透她？

而她和媽，又是多麼不同的兩個女人！老姨是個聰明人。戰時，大家都過着吃薯粉的日子，她母家姓汪，是澳門望族，日子過得倒還可以。有一次，她才十歲，到街店買了個甚麼餅，還沒踏出店門，門口已站了幾個爛衣赤腳的瘦猴小流氓，眼盯盯要搶。老姨說起這件事，翹起了嘴角淺笑，給我說：「我在店裏吃完才走。」

老姨是個能計算的人，老早就看清方向，保住一路平安。她不冒險，不出走，不買馬票，一生守住爸，還有爸交來的家姐，每天灑掃洗煮，十年又十年……尋常的人生起落，從無沒頂之劫。

她可曾後悔過？這一場人生海航，幾乎無風無浪，薄靄下偏只有過短的晴陽，半陰不晴，又已駛進了停錨的終港。

佛家以此世界為「缺陷世界」，所謂「圓滿如意」，固屬虛妄。她老早看清了？古人的箴誡說：「順受之，則可少安。」她老早就無師自通了？

而我的媽可又是多麼的不同！有這麼一顆永遠踴躍的心，總要跳越眼前的缺陷，甚至只為了跳越，下腳點從來不是最大的考慮。

我眼看着深眠的老姨，想起媽。兩個女人，都愛過爸？而我，全想錯了嗎——愛，給人生打了底，其他都不重要，都不過是一種風格，一張面相，一個姿態？

5

一九九二年，媽是來香港後第一次回鄉。距她離世，不過年半光景。

媽患了肺氣腫，走路乏力，醫生束手，媽比以往更心焦想回鄉一趟。

薰妮的《故鄉的雨》，媽聽來聽去聽不厭，是為了縈夢的興寧罷？「簷前舊燕，家鄉細雨。」

住老屋的時候，簷角下確有一窩烏燕，媽特別着緊燕子年年的春來秋往，總會擔頭給我指點：燕子歸來，是好兆頭。

九二年的六月，六弟陪她回去了。是她一生只此一度的燕歸來。

以下是六弟所說的：

我們在羅湖叫了白牌車，早上十時出發，晚上十一點才到興寧。

車子走走停停，一路給公安派洋菸，然後才順利到達。

來到興寧泥陂車站，在幾盞黃溜溜的路燈下，舅父母一家五六個早已列隊迎候。見了媽，緊緊握住她的雙手，上上下下興奮地搖了一陣，嘴裏不住說的客家話，我一句也聽不懂。

附近有家友誼飯店，我們就安頓過了一晚。

翌日早上，舅父領我們進村。婆婆的屋在小陂上，陂下村口，有個灰蓋四頂的舊門樓，過了門樓，就見一道卵石階直上陂頂，兩旁疏疏落落立着七、八間平頂屋，都是土磚髹點黃漆，破破落落。婆婆的屋子，要走上二十幾個台階才到，當年真難為了她老人家。

媽一進門就哭起來。

屋子裏一片黑烏烏，幾乎空無一物，只有靠牆一張破木床，後牆放了紅髹的祖先龕座，一張搖兀兀的木桌。連頭頂的燈座也沒了燈泡，窗柵玻璃也蒙了厚厚的塵污。

這個屋子一定許多年沒人來過。

舅父母看着媽嗚嗚啾啾，只能呆站一旁。媽摸了摸床緣，又扶一下木桌，似乎摸不出甚麼，又朝王氏祖先龕牌苦着瘦臉，欲言又止，好一陣才別轉頭，更放聲哭了。

大家都不知如何是好。

還是舅父叫她一句：「慧妹，別哭了，下面還有人等着。」

的確，陂下已站了七八個人，個個都五六十歲以上，一張黧皺臉皮，咧嘴張牙，笑出個歡迎的樣子。

然後，人堆後響起了一陣鞭炮聲。

媽一顛一拐的走下石階，給他們握手、寒暄、派紅包。你一句、我一句，統統是難聽懂的客家話。大家圍立在門樓下聊了半天，似乎都是誰過去了，誰家的孩子當了官，住省城去了，誰家去了香港，又出國了。我最能聽懂的是幾個老人家指着媽笑，摟住她的腰：「瘦夾夾仔。」

後來似乎聽見媽跟舅父說，想到老屋看看。舅父說老圍屋統統拆了，起了學校，只有一方池塘還在。大家就浩浩蕩蕩看池塘去。塘北一排柚子樹，清蔭冉冉，塘裏的綠波偶然裂出一兩個魚唇。

媽問舅父為甚麼半月塘變了方塘。半月塘是客家的風水塘。舅父咕噥了一通，我聽不明白，媽似乎也是一知半解。

媽興味不高，隨便走了十分鐘，大家來一頓寒暄告辭，就請舅父送她回飯店去了。

晚上，媽向我哼了一句：「我寄回來給媽的錢，原來舅父拿去往他的老婆身上貼。」

翌日才六點多，我們就乘車返羅湖過關。

這是六弟說的大概。我記得媽後來提起舅父母，滿臉不高興，說過「生娘不及婆娘親」的話。

對家鄉的戀戀，似乎在她心裏一下間消熄了。

媽離鄉四十年，人事幾番新，連婆婆搬家也搬了兩次，一次是解放後，遷出老大屋，分配到圍外橋頭一間瓦房。文革初年，有人翻外公的舊賬，指他是國民黨的官，外公給活活整死了。外婆再遷，就是埞陂上一小方本來放農具柴草的土磚房。

媽早知道老家是回不去的。但沒有親眼見過，家依舊魂牽夢縈。舊圍歸燕，月塘映天，在心上真如天長地久一樣。

只有重臨舊地，把這場歷史中的失落明明白白看在眼裏，才真的死心了。

十、歸去，也無風雨也無晴

歸去，也無風雨也無晴

1

要逝去的，竟然如此匆急，恐怕令媽大吃了一驚。

爸走了，兒女出巢了，連故鄉也失落了。她半生的寶貝，到頭來竟也不得不撒手丟了。

但這不是始料所及的麼？

就如摩天輪，你坐上去，老早知道它飛上旋下，是注定的必然。可是，來到了顛頂的一瞬，陡然沉墜，依然心跳錯落，漏了一拍。

2

不久，媽過去了。

她高燒不退，連醫生也莫名其妙，只好安排她住進了聯合醫院。

她精神一直很好，大家還以為她早晚會回來。某天飯後午睡，就這麼平平靜靜的走了，到護士察覺，一切都已過去。

沒一個親人在旁，她感到寂寞嗎？單人匹馬來香港，臨了，還是單身隻影上路。

＊　＊　＊

她去世的前一天，我去醫院看她。

她跟我說：「寶娃來過，是你叫她來的嗎？大家談了沒幾句，客客氣氣的。」

我倆相視苦笑了一下。

這就是我對媽的最後一個回憶。

香港（2019 年）
面朝大海，春暖花開。

石頭他朝成翡翠：給兒子的半封信——代跋

嫲嫲的故事，今年春才認真動了筆。

這個三月春，每週都來這棟新蓋的法院樓講課。樓在西九，大講堂在最高層。我愛提早半小時到來，駐足於玻璃屏牆之前，遠眺樓外的李鄭屋新貌。

密密層層的住宅樓，遮不住曾經看過我一分一寸長大的烏龜山，竟是如此矮小。當我眺認出當年幾個英兵站崗的坳窪，心裏依舊蹦蹦然的興奮。山下有個公眾泳池，太遠給遮去了。如今恐怕再沒幾人記得，那曾是家家挑燈共飯的沙地。靠北還有口井，泉潔水甘，是一村女人打水洗衣、閒話家常的「鄉村俱樂部」。

俱往矣！

眼前車流如鯽：六車道的東京街，左穿右插的架空大橋，熙熙攘攘。時代幻變，面目全非。而幻變的，豈只是樓屋人物？還有打井燒柴、燈火夜話的存活狀態。

眼下一個個小方間隔的住宅樓，都是彩電、磁爐、洗乾機的前沿現代，各不相干，各自哀樂。誰想到，在同一山下，甚至在同一個還存活的記憶裏，曾是一條依憑着星辰日月、晨更暮鼓來規範家家眠起作息的老鄉？

六十年，香港和我，居然走了這麼一條遠路。

我的媽，你的嫲嫲，哪裏料得到，我居然會在法院的最高樓裏想念她？要是她知道我片刻之後還要走進講堂，給幾十個堂堂然的法官們講課，她一定笑傻了——呵！我這個連蒸魚也蒸個頭甩肉爛的寶貝兒子！

我們就是這樣走過來的。這場奇幻的變化！

嫲嫲愛看海，你也愛。我們的家一直挑在海邊。你的青蔥童年，家在沙灣。樓外綠草如茵，有個偌大的大學棒球場，曾上演過威爾第的歌劇《阿依達》。球場後是一個湛藍得令人心舒氣暢的五十米標準游泳池，再遠就是大洋輪不住進出的西博寮海峽，峽外是水天一線的無垠的海。

你看慣的海，比嫲嫲家所能見的那片海大得多了。我好想讓她也來看看，只恨她走得太早。

你讀了這部嫲嫲的故事，知道你爸的童年曾經崎嶇輾轉搬過家——黃大仙、李鄭屋、一塌糊塗的「牛頭角」。你從陽台望着眼前似無邊際的一片海藍，曾以為石頭變了翡翠？

而我，寫完了嫲嫲的故事，自己朦朧有個想法：福氣這種東西，背後總投下一道暗影。

你知道翡翠是怎樣來的嗎？是地殼板塊錯動，以億萬鈞之力，扭變玉晶，打造成翡翠。除了翡翠，地動也造就了海嘯地震、山崩地裂、生靈塗炭。你驚嘆過的龐貝（Pompeii）遺蹟，一個個被土灰包窒住的僵體，其始因還不是那扭造出翡翠的海翻地塌？

所有的幸福，背後都有個代價。我想對了嗎？

如果你爸當大學教授的生涯過得不錯，那麼，這場因緣，真要慶幸我的爸——你沒見過的爺爺——竟追上了我出走的媽，為此賠上了畢生力氣。而這場逆轉，曾令我的姨姨和大家姐悻悻心酸過，多麼希望它從來不曾發生？如果我能慶幸沒經歷過連活也活不下去的日子，那是因為嫲嫲來到了關頭，竟硬下了心，送走了寶娃，而一老一嫩的她倆，都為此付出了一生糾結難釋的代價。

其他更不用說了。

從我的一姐一妹，我還想到自己有過的孩子黨，五張嘴啜飲一支綠寶的親愛。終了，還是各走陽關：狗哥下了毒海，光頭妹消沒於酒廊燈下，潘師奶抱養的美珠離家出走，陳雄學了電器，當了師傅。而我，上了大學。

各式各樣的人海浮沉——這才是我們的人生風景。石頭成了翡翠，只是片面浮華。如果說七十年代的香港的確繁榮起來了，那麼黑仔、狗哥、華豬、光頭妹，就是月背上一團宿命的烏黑，甚至是代價？有光必有影，錯不了？

我們力爭上游，人生竟是連場爭搏？誰幸運擠上去了？卻又有心無意，把誰擠下了幸福線？

又如大海的水搖波蕩，一個波上來了，總有一個波彎沉下去？福氣本來就是個座位有限的車卡？有人擠上了車，總注定有人擠不上？

娑婆忍土，缺陷世界。

這是宿命嗎？永淪於波弧下的他，我此生曾為他的福氣做過了甚麼？

* * *

我慶幸，面對人生大海，嫲嫲抱住了團團春意，曾指點我觀看濤波起落。

面朝大海，春暖花開——我的好媽媽！

我一生感着的春意，都來自她！你和她一同過活，她從來沒有冷淡乏力過，不論外頭是雨晴寒暖，她始終是春機一片。她沒有特意為活着高興，而是自然而然的血脈奔暢，洋洋暖暖。

她心上一株永遠才剛開瓣的劍蘭，讓你感到春不遠人，就在咫尺。我為此對她懷抱無限的感激。

我多麼希望你能像她，把你的一生活得洋洋暖暖。

我又是多麼渴望自己能相信：我的爸媽一生相愛，也因此一生幸福……。

畫圖追舊歷

——附錄五則

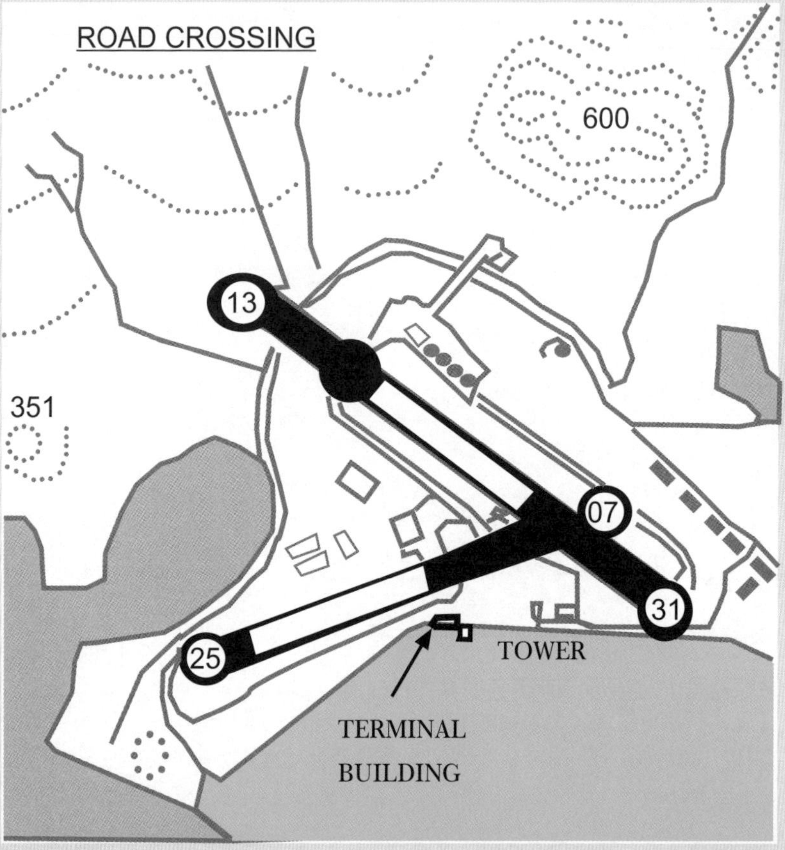

啟德機場平面圖（1950 年代）

當年機場有兩條跑道：13-31 與 07-25。圖中所見，13-31 跑道橫跨清水灣道（即「Road Crossing」所示）。每逢飛機升降，例必人車讓路，等候費時七八分鐘以上，人人心焦。媽若要趕「打針工」，總會皺緊眉頭。

啟德機場 13 跑道與清水灣道交界（1951 年）

【圖片取自吳邦謀《香港航空 125 年（增訂版）》（香港：中華書局，2016），中華書局（香港）有限公司 特准轉載，謹此致謝。】

人車與飛機同爭一路，曾親歷過的人，如今應已寥寥。

吳先生有以下的說明：

「1951 年中，一架日本航空公司的 DC-7C 四引擎螺旋槳飛機。正降落於啟德機場 13 跑道上，飛機着陸的位置，是今天的新蒲崗爵祿街，靠近可立中學。圖中巴士、貨車及途人於清水灣道停下等候，前有交通管制亭及升降攔閘。圖右為啟德明渠，旁邊有數名途人正等候過馬路。」

從大埔道南望李鄭屋村一帶（1954 年）
（政府檔案處圖片）

1954 年的李鄭屋還沒有「徙置區」，只有密密麻麻的寮屋群，依山佈列。照片下方是蘇屋一帶，左上方有兩個土丘，靠右的是喃嘸山（現稱嘉頓山），靠左稍矮的，村裏叫烏龜山，像個扁三角，無奇無趣。我們的老屋就在兩山之間的正下方。半山攔腰一線，就是大埔道。

李鄭屋泳池構建情景（1969 年）
（政府檔案處圖片）

老屋一帶，在 1960 年代陸續清拆，開闢為現今的李鄭屋泳池。圖中正中靠山的位置，就是老屋所在。圖後還能略見烏龜山的輪廓。

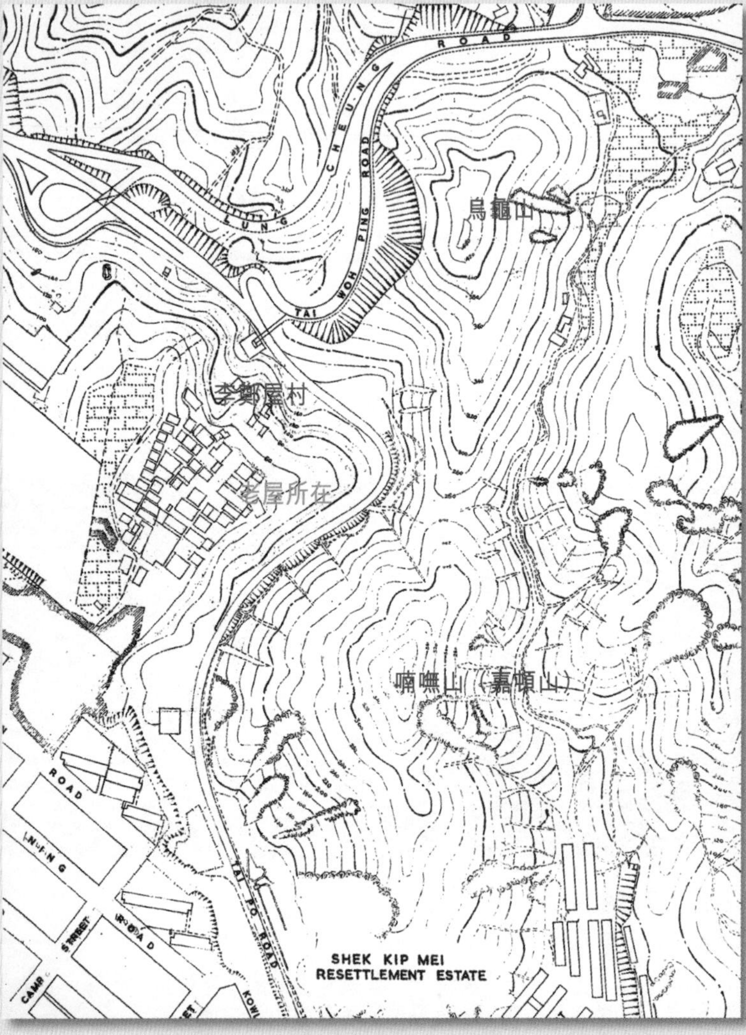

北九龍地形圖：李鄭屋村一帶（1961 年）（地圖由地政總署測繪處提供）

圖中清楚看見村後兩山：喃嘸山和烏龜山。

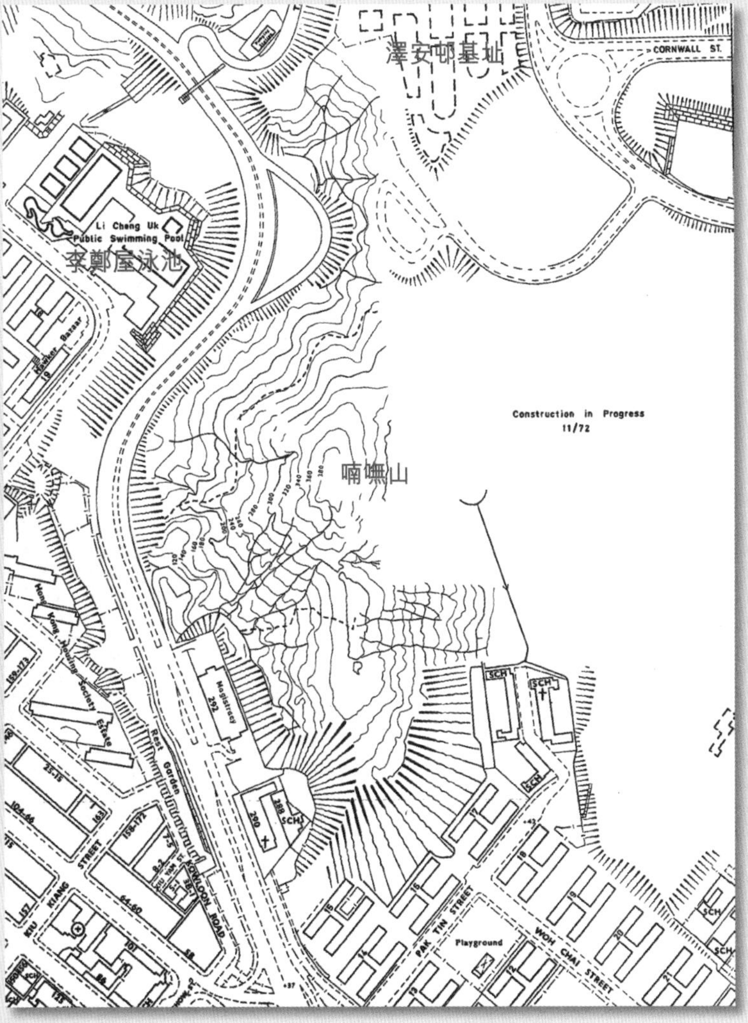

北九龍地形圖：李鄭屋邨一帶（1973年）（地圖由地政總署測繪處提供）

1970年代初，烏龜山一帶經過了平整，另造了個配水庫。地貌上，原來的烏龜拱背消失了，地圖上就只留了個喃嘸山。
老屋一帶，又已開闢成如今的泳池。

從大埔道下眺的李鄭屋泳池（2019 年）

主池和跳水池之間，是老屋的原來基址。主池所在，就是昔日的沙地與藤場的位置。

李鄭屋徙置區（1964 年）
（政府檔案處圖片）

李鄭屋古墓（圖最左方）、李鄭屋官立小學（圖中）、E 座（圖右側），分列在東京街的北沿。E 座背後是鴉巢山。

從大埔道下望李鄭屋邨（1964 年）（政府新聞處圖片）

1. 李鄭屋官立小學——我和富弟後來從織藤工會小學轉來這裏讀書。
   當年的工會小學，一個課室坐了兩班，頭髮斑斑的陳老師，架了個粗黑框眼鏡，花十分鐘給一年級講「算術」，掉過頭就給同室的二年級講「國語」，來來回回，氣喘如牛，真虧了他。我們如此這般，一年裏兼讀了兩個年級的課，一知半解，卻又一生難忘這位老先生。
2. 李鄭屋邨 E 座
3. F 座——我們住四樓。E、F 兩座之間的地台，就是「小錦龍」踢告別賽的臨時球場。
4. E、F 兩座的北面，就是 H 座，地層西角是政府診所。每天清晨 6 點，已有人冒着夜黑，拿了「櫈仔」（小板櫈）在等號。8 點半護士派號，診所門前已排了好長一條「櫈仔」龍，曲曲紆紆，總有四五十張。到了 9 時正，醫生開診了。
5. 李鄭屋外村入口
6. 蘇屋邨
7. 基愛小學——2 號巴士站在校門左側。「2 號巴」經過青山道、彌敦道，直往尖沙咀，是「出城」的主要工具。
8. 當年的天台都闢為小學校，「宣光」是當中的「名校」。

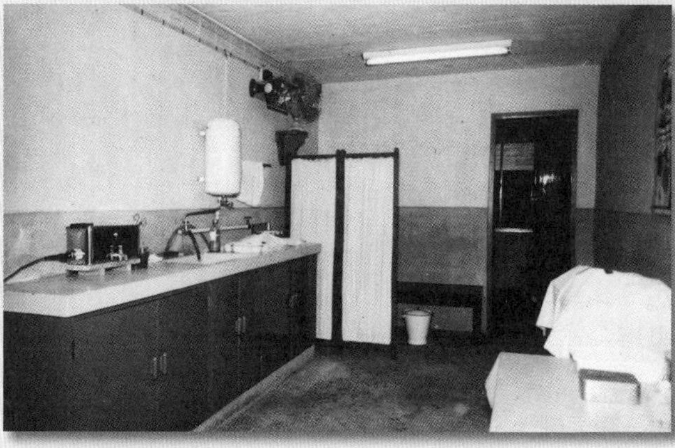

H 座地層的政府診所（1964 年）（政府檔案處圖片）

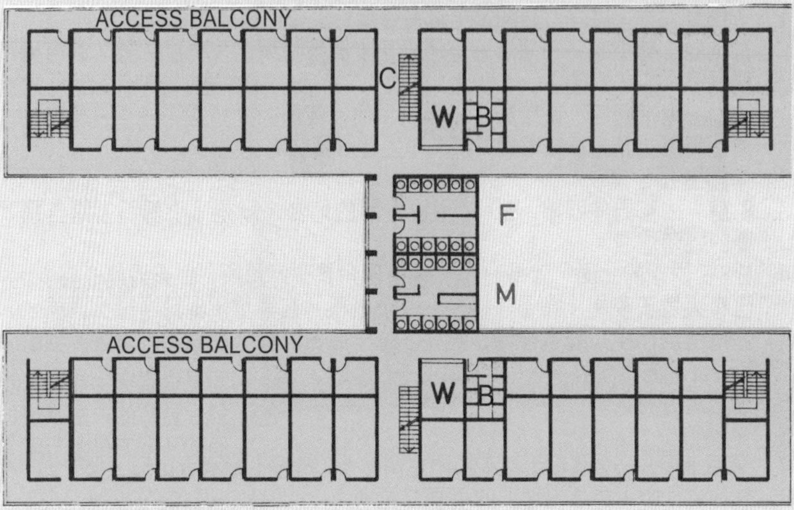

W——自來水間，是家家洗衣取水的地方。

B——公共澡房，內分七個間格，每格只容一人。最熱鬧是傍晚六點到九點，全房爆滿。午後四點以前，晚上十點以後，是「白粉」天地，幾個「白粉道人」各佔一格，軟趴趴挨在地上，點了燈，吞雲吐霧，半昏不醒。我們孩子洗澡稍晚，當初還給嚇個半死，急忙回屋向大人報告。後來大家見怪不怪，各做各的，河井不犯。

偶然，「道人升了仙」，一副皮骨僵死在澡格裏，大清早讓人發現，大家也只是報個警了事。七個澡格，依舊晚晚常滿。

F、M——男女廁所

C——帆布床專區。老人家打開了帆床，各佔一個席位，攤睡、看報、搖葵扇、瞎聊胡扯，自言自語，各適其適。也有人家專意把麻雀枱搬來，乘着風涼，消磨一個暑午。

二樓的這個位置是字花檔。樓下和二樓的欄河都有人把風，警察上來，樓上的早已四散。

石硤尾美荷樓的徙置戶佈置示例（2019 年）

圖上方是後牆氣窗。木床特造兩層，並非一般的碌架床，還是實木嵌邊，可見很講究品味，也能花錢。這樣的戶主恐怕也是有的。下方是帆布床。

美荷樓是最早期的徙置大廈，2013 年改建為青年旅館，部份則撥作早期徙置屋的展覽館。

美荷樓展館的徙置大廈模型——門窗與欄河。

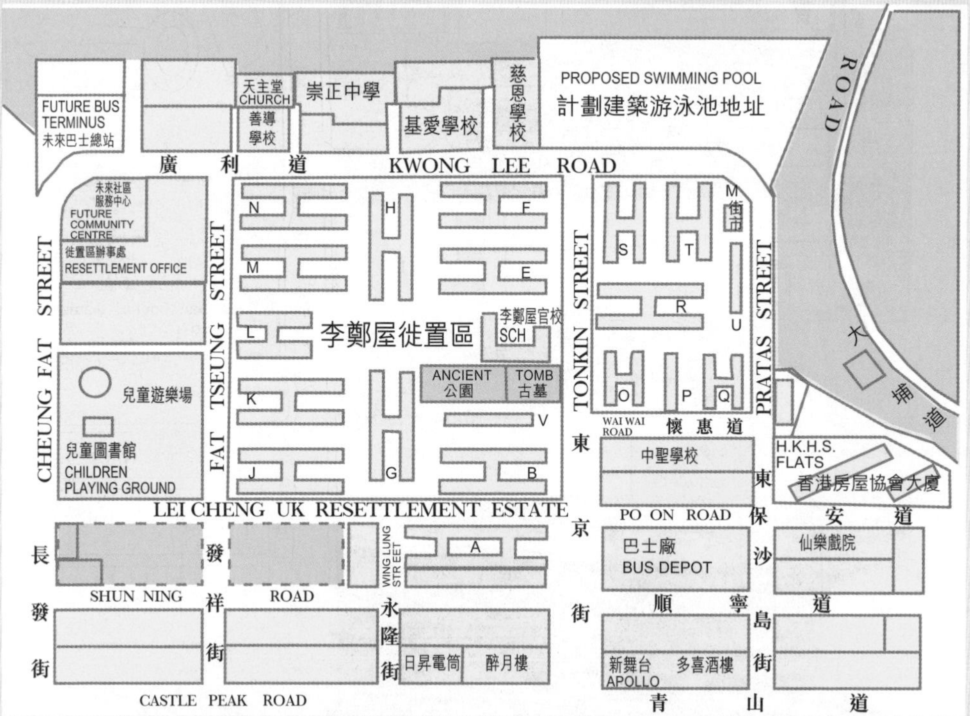

李鄭屋徙置區平面圖（1960 年代）

李鄭屋徙置區共有十六個 H 型大廈，外加零落的三棟（P、U、V座），從A一直排到V （沒有 C、D，原址改作古墓公園和小學校），一邨十九棟，打造了五萬人的家。

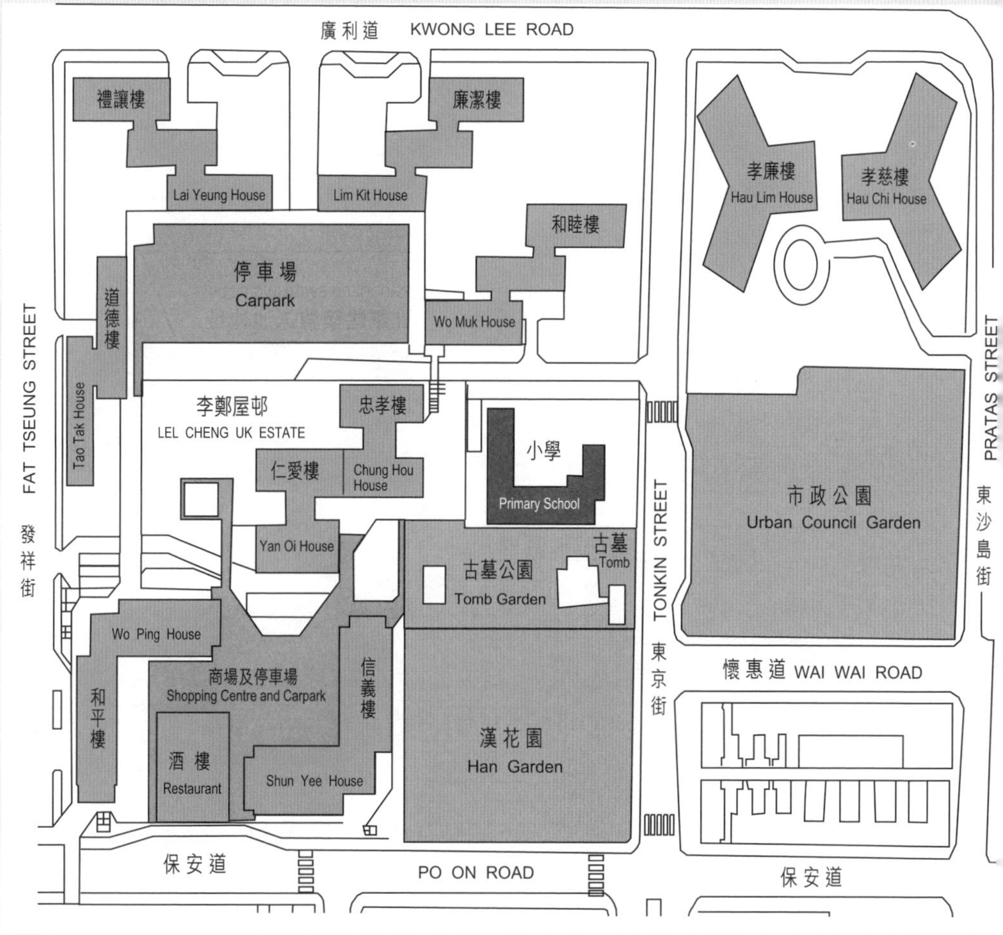

李鄭屋邨平面圖（2019年）

H型的「平民大廈」已成了歷史記憶。
孝廉樓、孝慈樓的上方就是李鄭屋邨泳池。

李鄭屋邨E座（1964年）
（政府新聞處圖片）

最左側是李鄭屋官立小學

李鄭屋邨（2019 年）

與上圖同一位置拍攝，最左側是李鄭屋官立小學。

李鄭屋泳池（2019 年）

一片人造藍的底色上，浮動着幾重魅影？幾棟老屋，一口老井，一條晾衣線上的客家藍，幾捆藤皮，一片沙地，涼秋夜話的喧歡，疏疏密密的燈點……

廣利道上，基愛小學左側的2號巴士站。(2019年)

天長地久，竟是這麼一個巴士站，依然「2號」，依然的崗位，不遷不移，守住了半個世紀。

媽還記得，曾經多少年，曉色未分，等來了亮着夜燈的2號，送走了爸？

鳴謝

本書的圖片，已獲下列機構特別授權使用，謹此聲明並致謝：

香港中華書局有限公司
香港政府新聞處
香港政府檔案處
香港地政總署測繪處
Basel Mission Archive
Getty Image

圖片的整理，至為煩細，幸承謝永豪先生、夫人鼎助，萬分感激，特申最深謝意。

www.cosmosbooks.com.hk

書　　名　出走的媽—— 我們的香港故事
作　　者　陳　苗
責任編輯　林苑鶯
美術編輯　楊曉林
出　　版　天地圖書有限公司
香港黃竹坑道46號
新興工業大廈11樓（總寫字樓）
電話：2528 3671　傳真：2865 2609
香港灣仔莊士敦道30號地庫/ 1樓（門市部）
電話：2865 0708　傳真：2861 1541
九龍旺角通菜街103號（門市部）
電話：2367 8699　傳真：2367 1812
印　　刷　亨泰印刷有限公司
柴灣利眾街德景工業大廈10字樓
電話：2896 3687　傳真：2558 1902
發　　行　香港聯合書刊物流有限公司
香港新界大埔汀麗路36號中華商務印刷大廈3字樓
電話：2150 2100　傳真：2407 3062
出版日期　2020年4月/ 初版

ISBN ： 978-988-8548-62-0